中公文庫

新装版

旗　本　始　末

闕所物奉行 裏帳合（四）

上　田　秀　人

中央公論新社

目次

本書は中央公論新社より二〇一一年に刊行された作品の新装版です。

旗本始末

闕所物奉行 裏帳合(四)

江戸幕府主要職制図（一部省略）

- 将軍
  - 表
    - 大老（非常置）
    - 老中
      - 若年寄
      - 奏者番
      - 寺社奉行
      - 京都所司代
      - 大坂城代
      - 留守居
      - 高家
      - 大番頭
      - 町奉行
      - 勘定奉行
      - 勘定吟味役
      - 作事奉行
      - 普請奉行
      - 大目付
        - 闕所物奉行
      - 京都町奉行
      - 大坂町奉行
      - 長崎奉行
      - 佐渡奉行
  - 奥
    - 側用人
    - 側衆
  - 大奥

闕所物奉行（けっしょものぶぎょう）

死罪や重追放などの刑に付加される闕所（財産没収）の手続き一切を取りしきる奉行。大目付の支配を受ける。

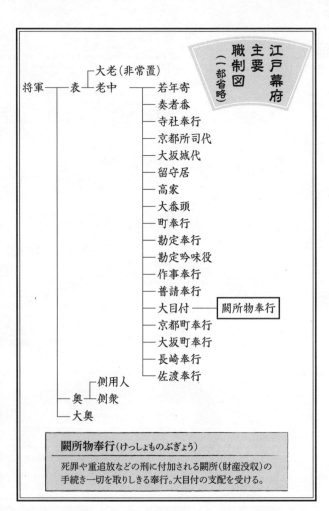

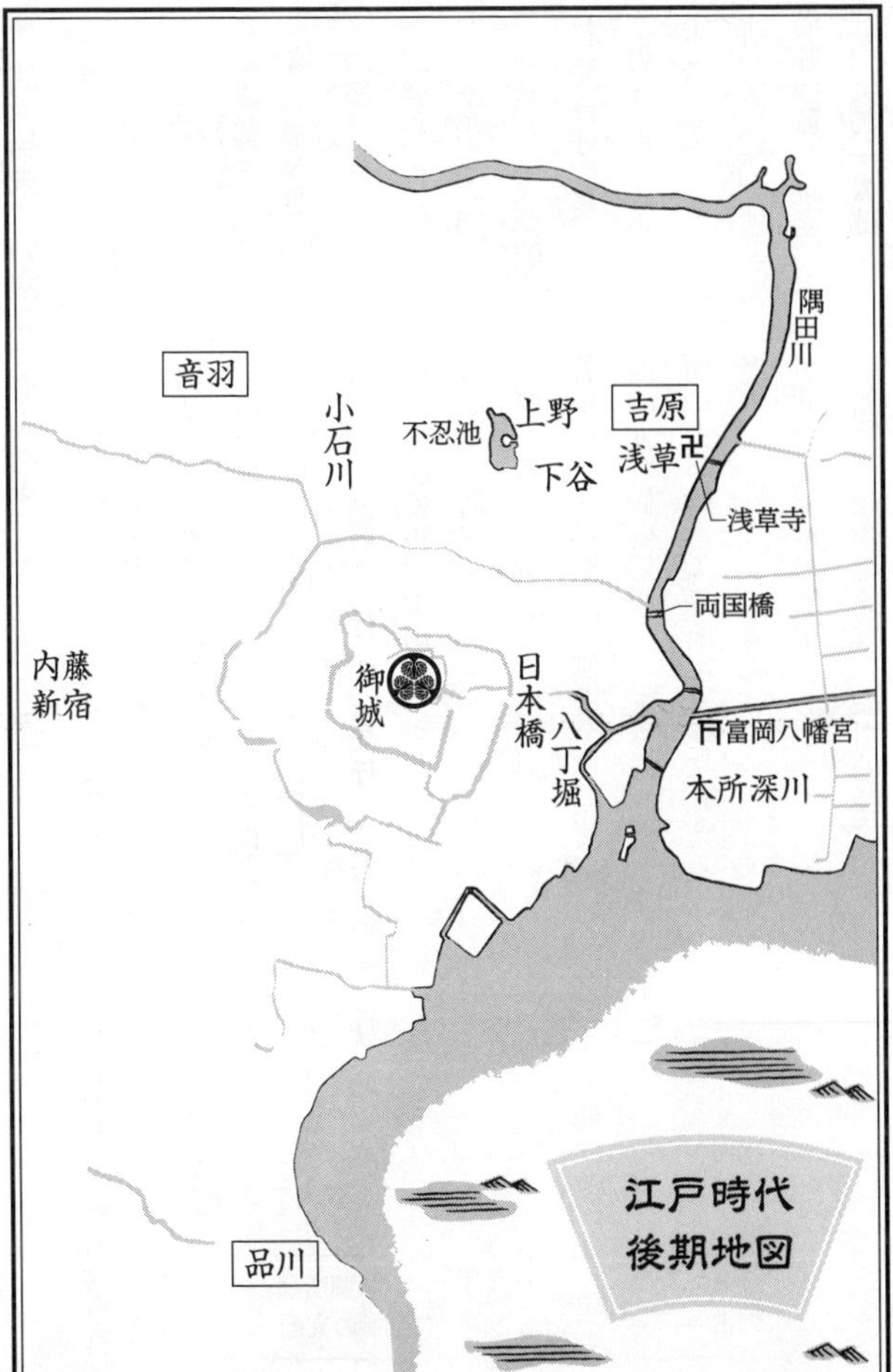

江戸時代
後期地図
音羽
小石川
不忍池
上野
下谷
吉原
浅草
浅草寺
隅田川
両国橋
内藤新宿
御城
日本橋
八丁堀
富岡八幡宮
本所深川
品川

▼『旗本始末』の主な登場人物▲

榊扇太郎《さかきせんたろう》　先祖代々の貧乏御家人。小人目付より鳥居耀蔵の引きで闕所物奉行に昇進。深川安宅町の屋敷にて業務をおこなう。

鳥居耀蔵《とりいようぞう》　目付。老中水野忠邦の側近。洋学を嫌い、町奉行の座を狙う。

水野越前守忠邦《みずのえちぜんのかみただくに》　浜松藩主。老中で、勝手掛を兼ねる。

朱鷺《とき》　音羽桜木町遊郭、尾張屋の元遊女。以前は百八十石旗本の娘、伊津。

天満屋孝吉《てんまやこうきち》　浅草寺門前町の顔役。古着屋を営む。闕所で競売物品の入札権を持つ。

水屋藤兵衛《みずやとうべえ》　船宿水屋の主。深川一帯をしきる。

西田屋甚右衛門《にしだやじんえもん》　吉原の惣名主。

三浦屋四朗左衛門《みうらやしろうざえもん》　吉原一の名見世主。

林肥後守忠英《はやしひごのかみただふさ》　若年寄。大御所家斉側近。貝淵藩主。

水野美濃守忠篤《みずのみののかみただあつ》　西の丸御側御用取次。家斉の側近。

末森忠左《すえのもりちゅうざ》　西の丸小姓。大御所家斉側に仕える旗本。

土井大炊頭利位《どいおおいのかみとしつら》　老中。

筒井伊賀守政憲《つついいがのかみまさのり》　南町奉行。元和泉守。

狂《くる》い犬《いぬ》の一太郎《いちたろう》　廻船問屋紀州屋を営む品川の顔役。

第一章　不忠の極

一

吹きこんで来た風に、榊扇太郎《さかきせんたろう》は身を震わせた。

「暑くなくなったと思えば、もう肌寒いな」

「………………」

無言で立ちあがった朱鷺《とき》が、雨戸を閉め始めた。庭の残照が、雨戸で遮《さえぎ》られ、屋内は暗くなった。

「灯《ひ》を入れまする」

朱鷺が火打ち石を切って、灯明《とうみょう》をつけた。質のよくない油独特のかすかな魚臭さが、居間に漂った。

「燗《かん》をつけまする」

囁《ささや》くような声で朱鷺が言った。

「いや、酒はやめておこう」

扇太郎は首を振った。

「酔うと眠くなる」

「では、夕餉《ゆうげ》に温かいものを」

朱鷺が台所へと下がっていった。

「ふうう」

一人になった扇太郎は、大きくため息を吐《つ》いた。

「よろしくございませんなあ」

そこへ勝手知ったる他人の家とばかりに、浅草の顔役天満屋孝吉《てんまやこうきち》が入ってきた。

「珍しいな、夕刻に来るとは」

案内も請わずにあがった無礼を扇太郎は咎《とが》めなかった。

「ご無沙汰をいたしておりましたので、わたくしの顔を忘れられぬよう、お邪魔をいたしましてございまする」

天満屋孝吉が座敷の敷居際へ腰を下ろした。

「そういえば、最近闕所《けっしょ》がないな」

思い出したように扇太郎も述べた。

扇太郎は闕所物奉行《けっしょものぶぎょう》であった。

闕所とは、罪人の持っている財産を取りあげる刑のことだ。死罪や重《じゅう》追放などに付加されるもので、単体で課せられることはなかったが、家屋敷はもとより、罪によっては家財まで収公された。

収公された財産は競《せ》り売りにかけられたあと、幕府勘定方へ納められ、江戸市中の道、橋など通行にかんする補修の費用として使われた。

この手続きいっさいをおこなうのが、闕所物奉行の役目であり、天満屋孝吉は入札に参加する権利を持った古着屋であった。

「闕所がなければ、儲《もう》かりませぬ」

はっきりと天満屋孝吉が口にした。

闕所入札の資格を持つ商人は江戸に何軒もある。そのなかで天満屋孝吉は榊扇太郎と深くつきあい、闕所見積もりの役目を手にしていた。

闕所で取りあげられた物品、土地、家屋は見積もり役によって査定され、最低入札の金額が決められる。

この見積もり役には大きな役得があった。

見積もり役は査定された金額で、闕所の物品を購入できるのである。競りをしないので、値上がりが避けられる。これだけでも有利だが、それだけではなかった。見積もり役は、己《おのれ》で査定する権を悪用して、欲しいと思ったものの最低入札金額を低く見積もるのだ。

闕所物奉行へ儲けの五分を上納しなければならないとはいえ、十二分なうまみがあった。

「天満屋には、古着の店もある。顔役としての稼ぎもあろう。闕所だけに頼っているわけではあるまい」

扇太郎があきれた。

江戸の一大歓楽地である浅草を縄張りとする天満屋孝吉は、表向き金龍山浅草寺《きんりゅうざんせんそうじ》門前町で古着屋を営んでいた。

江戸で古着屋は必須であった。よほどの金持ちでない限り、越後屋や白木屋で呉服を新調することなどない。一着で十両はかかるのだ。庶民はもとより、御家人《ごけにん》から少禄の旗本《はたもと》まで、衣服が入り用になれば、古着を買う。とくに合い物から綿入れへと着物を替えるこの時期、古着屋は猫の手も借りたいほど忙しい。

「古着の儲けなど知れておりまする」

天満屋孝吉が手を振った。

「仕入れに二割足しただけでございますから。番頭や手代《てだい》、丁稚《でっち》らの給金を払えば、手元に残るのは、ほんのわずかで」

「そのていどか。商いというのもうまみの薄いものだな」

聞いた扇太郎は、驚いた。

「本当に金を儲けようと思えば、貸すことで」

「金貸しか」

「はい。百一という金貸しがございまする」

「百一とはなんだ」

扇太郎が問うた。

「日銭稼ぎへの細かい金貸しでございますがね。朝百文借りたら、夕方百十文にして返すというもので」

簡単に天満屋孝吉が説明した。

「十文が利息か」

「さようで。十文といえばわずかなものでございまするが、これを十人に貸せば、百文。一月《ひとつき》やれば、じつに三千文の儲けとなりまする」

「ふむ」

「おわかりでございまするか。三千文の元は、わずか千文。働かず、ただ千文の金を借りに来た奴《やつ》へ貸しているだけで、持ち金が三千文増えるので」

「月初めに千文持っていたならば、末には四千文となっている……」

頭のなかで勘定した扇太郎が、目を剝《む》いた。

「はい。そのまま増えていったとすれば、四千文が、三十日で一万六千文、さらに三十日経てば、六万四千文、金にして十両と二分少し。一年になれば、どれほどの金額になるか」

「ふうううむ」

どれだけになるか、算勘の苦手な扇太郎には計算できなかったが、莫大な金だとはわかった。

「しかも、本人は一切働かないのでございますよ。ものの売り買いもせずに、増えていく。これが、金貸しの恐ろしいところで」

諭《さと》すように天満屋孝吉が述べた。

「札差《ふださし》が巨万の富を抱えているのも当然か」

ようやく扇太郎は、納得した。

札差とは、幕府から旗本御家人へ支給される禄米を金へ換算する商売である。最初は、預かった米を売って幾何《いくばく》かの手数料をもらっていたが、やがて、武士の窮乏に合わせて金貸しを始め、今ではそちらが本業となっていた。

なかには、大名へ金を貸すほど財力を持った札差も現れ、借金の利子として武家身分を与えられ、苗字帯刀を許される者も出てきていた。

「天満屋もやればよいではないか」

扇太郎は、述べた。

「ご勘弁を」

「なぜだ。金になるのであろう」

わからぬと扇太郎は首をかしげた。

「これ以上恨みを買ってはたまりませぬ」

大きく天満屋孝吉が否定した。

「遊びの金を借りる連中はまだよいのでございますよ。返せなければ、命《いのち》を持って行かれるだけでございますから」

「命を持っていかれるのにか」

「はい。死ねば、すべての始末がつきますゆえ。高利の金貸しへ頼るのは、すでに親兄弟はもとより、親戚からも借りまくって返せないからで。当然義絶もされておりましょう。

下手《へた》すれば人別《にんべつ》まで抜かれておるやもしれませぬ。いわば天涯孤独。どれほどの借金があろうとも、地獄まで取り立ては参りませぬ」

「なるほど」

扇太郎はうなずいた。

「元金の取りはぐれが痛いとはいえ、それ以上なにもなくなりまするし、世間も死んだ野郎の自業自得だと見てくれまする」

「ふむ」

「対してよろしくないのが、その日生きていくために金を借りる連中で」

「ほお」

話に扇太郎は興味を持った。

「朝に借りた百文を夕方百十文にして返す。商売がうまくいっているときは容易なことなんでございますがね。雨でも降ったら一気に話は変わりまする。百文で仕入れたものが八十文でしか売れなかった。それでも金は約束どおり百十文返さなきゃいけない。返さなければ、明日から貸してもらえないわけでございますから」

「それはそうだな」

「となれば、翌日の仕入れができなくなりまする。ものがなければ商売は成り立ちませぬ。

一つ歯車が狂えば、あっという間に生活は崩れまする。こいつらの恨みが、こちらに向いてくるので。あのとき借金の期日を一日延ばししていてくれれば、こんな目には遭わなかったのにと。世間の目も、こうなると金を返せなかった男に同情いたしますので。因業《いんごう》な金貸しだと、後ろ指を指してきまする。借金の形《かた》さえない奴に、金を貸してやったというのにでございますよ」

「顔役としての人望にかかわるのだな」

意図を扇太郎は理解した。

「たしかに金貸しの儲けは大きいですが、それで浅草の縄張りを失っては本末転倒でございまする。人望なしで顔役は務まりませぬ」

天満屋孝吉が続けた。

顔役というのは、地廻りに近いが、地元の有力者である。親がそうだったからといって受け継ぐことのできるものではなく、地道な努力を重ね、周囲に推される形《かっこ》でやっとなれるのだ。とくに浅草など香具師《やし》の興行が多いところは難しいことで知られ、なかなか顔役として認められない。

「なにより刺されたくはございませぬから。顔役をやっていて命を狙われるのは慣れておりまするが、金貸しは別で。なにせ襲ってくるのが、そこらにいる長屋の女房とか、棒手《ぼて》振《ふ》りの商人なのでございますよ。己の縄張りでさえ、道を歩いていて一瞬も気が抜けない。それはさすがに嫌でございまする」

「息もつけぬか」

「はい」

扇太郎の言葉に天満屋孝吉がうなずいた。

「夕餉を」

そこへ、朱鷺が膳《ぜん》を持って現れた。

「やれ、長居をしてしまいました」

「今になってなにを言うか。貧乏御家人だ。天満屋が普段口にしているような豪勢なものは出せないが、食べていけ」

笑いながら扇太郎は、勧めた。

「どうぞ。粗餐《そさん》でございまするが」

朱鷺が膳を天満屋孝吉の前へ置いた。

「よろしいのでございますか。それでは遠慮なく」

天満屋孝吉が頭を下げた。

「ほう。茄子《なす》の焼き浸しに、大根のお味噌《みそ》汁。これはこれは」

ほほえみながら天満屋孝吉が、手を伸ばした。

「この時期の茄子は安いからな」

扇太郎も箸を出した。

皮を付けたままで焼いた茄子に細かい切り目を入れ、濃いめの出汁《だし》で煮た焼き浸しは、扇太郎の好物であった。

「ふむ、飯に合うな」

少し辛めの味付けは、少量で十分なおかずとなる。白飯を扇太郎は頬ばった。

どれほど貧乏していようと、旗本や御家人は決して玄米を喰《く》わなかった。庶民でさえ、将軍のお膝元は白い飯でなければと、見栄を張るのだ。将軍の直臣たちが、色の付いた米を喰うなど、誇りが許さない。

玄米は白米に比べ硬いため、煮炊きの暇がかかる。薪《まき》の消費が多くなるため、安い玄米であっても、白米とさしてかわらない費用がかかるという実利の側面もあった。

「代わりを」

茶碗を扇太郎が出した。

「…………」

無言で受け取った朱鷺が、米をよそった。

よほどの大家でなければ、炊飯は朝のみで、昼と夜は冷や飯になる。

「わたくしもお願いを」

天満屋孝吉も二杯目を求めた。

「ご馳走さまでございました」

扇太郎が四杯、天満屋孝吉が三杯お代わりして、食事は終わった。

「粗末であった」

礼を述べる天満屋へ、扇太郎が応じた。

「では、これにて」

食後の白湯《さゆ》を喫し終わった天満屋孝吉が、帰っていった。

「おまえもすましてしまいなさい」

見送って戻ってきた朱鷺へ、扇太郎は言った。

まともな武家では、男女が共に食事をすることはない。女は男が食べ終わったあと、台所でひそかに食事を摂るのだ。しかし、武家とは名ばかりの榊家である。両親を亡くして、姉と二人きりであったころ、一緒に膳を囲んだこともあった。しかし、共に食事をすませようと扇太郎が促しても、朱鷺は頑としてうなずかなかった。

御目見《おめみえ》旗本の家に生まれながら、借金の形として岡場所へ身を売られた朱鷺は、武家を深く憎みながら、不思議とそのしきたりには固執していた。

「毎日違う男に抱かれ、女として心を殺していくためには、武家の娘としての矜持《きょうじ》にすがるしかなかったのだろうが……」

食事を摂るため台所へ引く朱鷺の背中を見ながら、扇太郎は呟《つぶや》いた。

二

闕所物奉行の一日は、己の屋敷の門を開けることから始まる。奉行とはいいながら、町奉行所筆頭同心《どうしん》と同格でしかない御目見以下の闕所物奉行に役宅などは与えられず、自前の屋敷の一室を奉行所として提供しなければならない。徳川も十二代を数えた今、八十俵の御家人に使用人を雇うだけの余裕はなく、毎朝、当主自らが門番のまねごとをしていた。

「おはようございまする」

すでに門前には、闕所物奉行所付きの手代が待っていた。

「あいかわらず早いな。大潟《おおがた》」

扇太郎は手慣れた手代である大潟へ、入るように首で合図した。

「ごめんを」

大潟が奉行所として供出された玄関脇の客間へとあがった。

「…………」

手にしていた弁当を自席に置いた大潟が、火鉢の炭をおこした。

「ここのお茶は味がしますので」

大潟が水の入った鉄瓶を火鉢の上へのせた。

「味か」

扇太郎は苦笑した。

天満屋孝吉から渡された上納金は、扇太郎と手代たちで折半することになっている。上納金の半分を手にした扇太郎は、己一人多い分け前をもらう気兼ねから、いろいろなものを手代たちへ差し入れていた。茶もその一つであった。

「わたくしが、いつも早くやって参るのは、このお茶を飲みたいがためでございまして」

大潟が照れた笑いを浮かべた。

「一日の目覚めとするに、我が家の茶では、ちと頼りないので」

炭を突《つつ》いて火加減を調節しながら、大潟が言った。

「茶のため……」

小さく扇太郎は、口のなかで驚いた。

闕所物奉行の手代は、二十俵二人扶持《ぶち》である。幕府に仕える者としては最低の俸禄であった。住むところは長屋を貸し与えられているとはいえ、金に直して年十両もない収入で、やっていけるはずもない。茶や煙草《たばこ》などの嗜好品《しこうひん》を買うだけの余裕はどう考えてもなかった。事実、闕所物奉行になるまで、扇太郎は茶など飲んだことさえなかった。たとえ安い茶であっても、手代が買える。これもやはり闕所の役得のおかげであった。

大潟だけではなかった。闕所の役得で母の薬代を賄《まかな》った手代もいる。妹の嫁入り道具をそろえた者もいた。幕府の決まりに反することではあったが、闕所の役得はなくてはならぬものだと、あらためて扇太郎は知った。

「闕所がないのはめでたいことだが……」

「なさすぎるのは、ちと困りものでございまするな」

扇太郎の意図を悟った大潟が、先を続けた。

「三件のお旗本の改易《かいえき》があったとはいえ、あれは金ばかりで、こちらに回ってくるほどではございませなんだ」

大潟が嘆息した。

江戸中を騒がした火付け事件にかかわって、三人の旗本が禄を奪われた。もっともその裏には、多すぎる大御所家斉《おおごしょいえなり》の子女を大名たちへ押しつける持参金を作ろうと考えた若年寄林肥後守忠英《ひごのかみただふさ》と御側御用取次水野美濃守忠篤《みののかみただあつ》の思惑があった。

狙われた旗本は、金を持っていると評判の者ばかりで、競売に持ちこまれる財物は少なかった。現金は闕所の対象ではない。三件の闕所は、忙しかっただけで、役得はほとんどなかった。

「その前の闕所でいただいた金もそろそろ底を突きまする。他人の不幸を願うようではございまするが、そろそろ闕所の一つもございませぬと……」

語尾を濁したとはいえ、あからさまな願いを大潟が口にした。

「……こればかりはな。町奉行や火付盗賊改《あらため》のように、怪しい奴を引っ張ってきて、責め問いするわけにもいかぬ」

扇太郎は首を振った。

「さようでございますな」

ようやく湯気をあげだした鉄瓶から、大潟が急須へと湯を注いだ。

「おはようございまする」

手代たちがぞろぞろとやって来た。

「もう五つ（午前八時ごろ）でございますか。やれ、朝はあっという間に過ぎて参りますな」

湯飲みに茶を満たした大潟が、自席へと戻った。

「では、始めましょうぞ」

大潟の合図で仕事が始まった。

とはいえ、闕所がなければすることはあまりない。過去の闕所をまとめた記録簿をつくるだけである。お昼前には、今日の予定を終了していた。

「弁当を食って帰れ」

扇太郎は、立ちあがった。

「お疲れさまでございまする」

手代たちが、扇太郎へ頭を下げた。

「あとは任せたぞ」

奥へ入った扇太郎は、朱鷺の用意した昼餉を片付け、習慣となっている午睡をとった。

「殿さま、殿さま」

身体《からだ》を揺すられて扇太郎は目覚めた。

「朱鷺か、どうした」

剣士の常である。一瞬で意識を覚醒させた扇太郎は、朱鷺に触られるまで気づかなかったことに苦笑した。扇太郎は、朱鷺を完全に身内としていた。

「天満屋の使いが」

朱鷺が玄関を指さした。

「……天満屋の使いだと」

起きあがって扇太郎は、玄関へと出た。

「仁吉《じんきち》か」

玄関土間で天満屋孝吉の右腕、仁吉が立っていた。

「お邪魔をいたし、申しわけございやせん」

「気にするな」

詫《わ》びを述べる仁吉へ、扇太郎が手を振った。

「主《あるじ》が、ご足労を願いますると」

「ほう。なにがあった」

天満屋孝吉からの呼び出しは、いつも碌《ろく》なことがなかった。扇太郎は、まず状況を把握しようとした。

「あいにくわたくしも知らされておりませぬ。ただ、急ぎ、お奉行さまをお連れせよとのことで」

すまなそうに仁吉が言った。

「わかった。すぐに支度をする。しばし、待て」

それ以上訊《き》かず、扇太郎は身支度をするため、居室へ引っこんだ。

「少し出てくる。戸締まりだけはしっかりとな」

「はい」

朱鷺が首肯した。

「参ろうか」

腰に太刀《たち》を落としながら、扇太郎は仁吉を促した。

「へい」

仁吉が先に立った。

深川安宅《あたけ》町から浅草までは、両国橋を渡るだけである。

「おい、仁吉。この両国橋は、天満屋の縄張りか、それとも深川の水屋《みずや》のものか」

半歩前を進む仁吉へ、扇太郎は問いかけた。

「橋はどちらのものでもございやせん」

ちらと扇太郎へ顔を向けた仁吉だったが、すぐに目を前へ戻した。

「橋は間をつなぐもの。どちらのものと言い出せば、必ずもめまする。なにより、橋の上で商いをする者はおりませぬし」

仁吉が続けた。

「橋の上で商売をか。たしかにできぬな」

顔役の収入は縄張り内の商家や長屋などから徴収する金である。なにかあったときには守ってやるからという、いわば用心棒代である。用心棒代金が発生しない橋の上など、厄介なだけである。誰も欲しがらなくて当然であった。

扇太郎は納得した。

「渡るに二文いる橋の上で、ものは売れぬな」

少し歩みを遅くして扇太郎は、両国橋からの眺めを確認した。

明暦《めいれき》三年（一六五七）の大火で、焼け出された多くの庶民が、川を渡ろうとして流され水死した。

この事態を重く見た幕府は、大老酒井雅楽頭《うたのかみ》忠勝らの提言を受けて、官費をもって武蔵《むさし》国と下総《しもうさ》国の二つに橋を架けた。これが両国橋の始まりである。

長さ九十四間《けん》（約百六十九メートル）、幅四間（約七・二メートル）、木製で大きなそりを持つ両国橋は、大水による流出、火事の類焼など、数回の架け替えで、わずかにその場所を変えながらも、重要な交通路として機能していた。

もっとも度重なる架け替えの費用に耐えかねた幕府によって、両国橋は払い下げられ、今では一人二文の通行料が取られる民間のものとなっていた。

「お武家さまと坊主、神主は無料でござんすがね」

さきほど二文払った仁吉が苦笑した。

「おっと、こちらで」

橋を渡りきったところで、仁吉が右へ折れた。

「天満屋の家へ行くのではないのか」

「いえ。主《あるじ》はあちらの船宿でお待ち申しておりますんで」

川沿いに続く船宿の一軒を、仁吉が示した。

大川に沿う川岸には、多くの船宿があった。船宿はもともと客の注文に応じて、船を出し目的地まで届けるのが商売であった。しかし、そう何艘《そう》もの船を持っているわけもなく、客が続いたときなどかなり待たせることもあった。これでは、他の店に客を取られてしまうと危惧した船宿の主は、二階を利用して酒食を供するようにした。なかには、遊女屋真っ青な、酒食ではなく、酒色を馳走《ちそう》するところもあった。

「昨夜の御礼をいたしたいと、主が申しておりました」

「夕餉のか。それはまた律儀《りちぎ》なことだ」

扇太郎は笑った。

天満屋孝吉が、船宿の二階で待っていた。

「お呼び立ていたしまして」

「いや、このようなところならば、いかに遠くとも厭《いと》わぬぞ」

太刀を抜いて床の間へ立てかけた扇太郎は、上座へ腰を下ろした。

「少しお話ししたいこともございまするが、まずは、一献。おいっ」

天満屋孝吉が、階下へと声をかけた。

「はい」

すぐに、二人分の膳が用意された。

「旬は過ぎましたが、朝網にかかったものだそうでございまする。この船宿は、漁師も兼ねておりますれば、このような新しい魚が出せますので」

膳の上の魚を、天満屋孝吉が吾《わ》がことのように自慢した。

「すずきか。これは、生だな」

扇太郎は驚愕《きょうがく》した。

生のまま魚が出てくることは、滅多になかった。

江戸の魚は日本橋の魚市場が一手に握っている。漁師たちの船は、魚市場へと集まり、そこで競り落とされた魚が江戸市中へと散っていくのだ。

日本橋に近い町屋ならばまだしも、少し離れたところではどうしても魚の鮮度が落ちてしまう。また、生の魚を保存しておくにしてもせいぜい井戸のなかへ吊《つ》るすしかできないのだ。新鮮なままとはいかない。名の知れた料理屋でも、魚を生で出すことはなく、酒浸しにするのが関の山であった。

「どうぞ、さきほどまで生け簀《いす》で活かしておきましたので、醬油《しょうゆ》をつけてお召しあがりを。酢がよろしければ、用意させまする」

天満屋孝吉に勧められて、扇太郎は生まれて初めてすずきの生を口にした。

「ふうむ。酒浸しに比べて、甘いな」

扇太郎は感心した。

「いかがでございましょう。お気に召しましたか」

見ていた天満屋孝吉が問うた。

「珍しいとは思うが、なにぶん食べつけておらぬ。すずきは、焼き魚にするほうが、慣れているな」

正直な感想を扇太郎は述べた。

「だが、心づくしには、感謝しているぞ」

扇太郎は、礼を述べた。

生の魚を用意した手間に、扇太郎は感謝した。

「いえいいえ」

満足そうに天満屋孝吉が笑った。

しばらく無言で二人は膳のものを片付けた。

「酒はもういい」

軽く酔いがまわったなと感じた扇太郎は、盃を逆さに伏せた。

「お帰りは駕籠《かご》でお送りいたしまするが」

「いや。足下がおぼつかぬようではな。剣士として後《おく》れを取るようでは困る」

はっきりと扇太郎は告げた。

「朱鷺さまのことでございますな」

天満屋孝吉もそれ以上勧めなかった。

朱鷺は二度襲われていた。一度は水戸徳川家の闇《やみ》に巻きこまれ、二度目は扇太郎殺しを請け負った刺客《しかく》集団矢組の罠《わな》として、朱鷺は囚《とら》えられた。

幸い、二度とも扇太郎の働きで、無事にすんだとはいえ、刺客を送った黒幕、狂い犬の一太郎《いちたろう》との決着は付いていない。

無頼に近い御家人扇太郎の唯一の弱点が朱鷺なのだ。これからも朱鷺が危ない目に遭うであろうことは想像に難《かた》くなかった。

「水屋が気にしてくれているが、頼りきるわけにもいくまい」

小さく扇太郎は首を振った。

水屋藤兵衛《とうべえ》とは深川一帯を縄張りとする顔役である。表向き船宿を営んでいるが、町奉行所の威光が及ばない深川を束ねるだけの実力を持つ、名の知れた男であった。

「わたくしの縄張りで好き勝手を許すわけにはいきませぬ」

挨拶なしで、縄張り内に刺客を送られたことがよほど腹立たしかったのか、水屋は夕方から朝まで、扇太郎の屋敷を見張らせていた。

「たしかにさようでございますな。水屋さんは深川を抑えるだけの実力者でございまするが、旦那の敵は、そこらの地廻りとは格が違う」

言いながら天満屋孝吉も盃を置いた。

「いかい馳走になった」

一礼した扇太郎は問うた。

「で、なんだ」

話があると最初に天満屋孝吉が言っていたのを、扇太郎は忘れていなかった。

「はい」

天満屋孝吉が膝をそろえた。

「会ってやっていただきたい男がおりますので。おい」

ふたたび天満屋孝吉が階下へ向かって声をかけた。

「ごめんを」

待っていたのか、すぐに中年の僧侶が階段をあがってきた。

「択善《たくぜん》と申しまする。今宵《こよい》はお忙しいところをご足労いただき、まことにかたじけなく」

僧侶が手を突いて挨拶をした。

「榊扇太郎だ。拙者になにか用か」

「まあ、そこでは話が遠ございましょう。択善どの、なかへ」

「では、ごめんを」

天満屋孝吉の勧めで、択善が座敷の中央へと膝を進めた。

「拙僧は、どこの寺に属しているというものではございませぬ。日頃は寺から求められて、葬儀や法事の手伝いをいたしております る」

択善が話し始めた。

「さすがにそれだけでは、食べて行くにはちと心許ないので、あちらこちらにお金を融通いたして、その利鞘《りざや》稼ぎをいたしております る」

「金貸しか」

扇太郎は、天満屋孝吉を見た。昨夜その話をしたばかりなのだ。扇太郎は天満屋孝吉の仕組んだことかと疑った。

「偶然でございますよ。わたくしも驚いたほどで」

苦笑いを浮かべた天満屋孝吉が、手を振った。

「何のことで」

話の腰を折られた択善が、二人の顔を見比べた。

「いや、すまぬ。御坊、続けてくれ」

扇太郎は詫びた。

「はい。じつは、わたくしがお金をお貸ししておりましたお方が、行き方知れずになったのでございまする」

「夜逃げか。珍しいことではあるまい。借金で首が回らなくなった者が、逃げ出すのはまあることであろう」

聞いた扇太郎は、落胆した。

「人捜しならば、拙者より、天満屋がふさわしいぞ」

浅草の縄張り内に、天満屋孝吉の目が届かないところはない。また、浅草を離れたとしても、どちらへ向かったかなど半日もかからずに天満屋孝吉は知ることができる。

「それが……」

ちらと択善が天満屋孝吉へ目をやった。

「迷うならば、聞かぬぞ」

扇太郎ははっきりしない択善へ、冷たく告げた。

「榊さまは、頼りになるお方でございますよ。この天満屋が保証いたしまする」

大きく天満屋孝吉がうなずいた。

「……その、姿が見えなくなったお方は……お旗本さまなので」

「旗本だと」

思わず扇太郎は、大きな声を出した。

「ひいっ」

小心そうな択善が悲鳴をあげた。

「す、すまぬ」

大声を出したことを扇太郎は詫びた。

扇太郎が驚いたのは当然であった。旗本が借金で夜逃げするなどあり得ていい話ではなかった。

旗本というのは先祖の功績で得た禄を代々受け継いでいくものだ。幕府から咎められない限り、未来永劫《えいごう》毎年決まっただけの米を支給される。逆に言えば、家を捨てれば、一切の収入を失ってしまう。

金貸しも旗本には禄があるから融通するのだ。

逐電《ちくでん》してしまえば禄は取りあげられ、無一文と成るだけではなく、武士という身分さえもなくすことになる。

武士とは、仕える主君を持っている者のことをいい、浪人者は侍身分ではなく、庶民の扱いであった。お情けという形で見逃がされているだけで、浪人が両刀を差すことは本来禁止である。

なにより、逐電は大罪であった。

武士の逐電は、主君を捨てるとの意味である。今の幕府は、忠義に根本を置いている。忠義とは下が上に尽くすもの。下が上を見限るのは、忠義に反することであり、謀叛《むほん》と同じであった。

「名は」

「西の丸お小姓《こしょう》の末森忠左《すえのもりちゅうざ》さまで」

「役付か」

さらに扇太郎は息を呑《の》んだ。

戦国の世のまま武士を抱え続けた幕府は、泰平を迎え人材過剰となっていた。役目に対し、旗本御家人の数が多すぎた。戦《いくさ》働きがない今、旗本たちの立身出世は役に就いて功績をあげ、認められるしかなかった。ときが経《た》つほどにあがる物価に対し、増えない家禄の旗本御家人は年々困窮していく。そこから脱出するには、役付となるしかなく、誰もが猟官に必死となった。扇太郎も無役の小普請組《こぶしんぐみ》から出るため、連日組頭《くみがしら》のもとへ通い、苦しいなかから捻出した金を遣って、ようやく身分からいえば、かなり格下の小人目付《こびとめつけ》という役目を得られた。

それからいけば、大御所家斉の側《そば》に仕える西の丸小姓は、雲上人である。役料も多ければ、家斉の目にとまり、さらなる出世を遂げることもできる。旗本が十人いれば、八人はうらやましがる。西の丸小姓はそれほどの役目であった。

「役目と家を放り出すとは、よほど厳しい取り立てでもやったたか」

「とんでもございませぬ」

滅相もないと択善が否定した。

「わたくしがお貸しした金は、十両でございまする」

「末森家は何石だ」

「浅草福富町《ふくとみちょう》の末森さまなら、四百五十石と聞いておりまする」

択善が答えた。

「ふむ。領地持ちならば、年におよそ二百二十両か」

旗本の知行には二種あった。一つは扇太郎と同じ、一年に決まった米を現物支給される禄米取り。もう一つが領地持ちであった。領地持ちは、一年に石高に見合う米が穫れる土地を与えられている。これは取れ高であり、実収入は年貢の割合で上下するが、おおむね五公五民《ごこうごみん》で、禄高の半分と考えてよかった。

「四百五十石の軍役は、侍身分を入れて六人から八人というところか。もっともそれだけ抱えている旗本など一つもないだろうが……年の費用は三十両そこそこ、家族を八人として、衣食住が百五十両と少し。つきあいや、屋敷の修繕費などを入れても、十両少しは余るはず」

三件の旗本闕所をしたことで、扇太郎も旗本の内情に詳しくなっていた。

「そのとおりいきませぬゆえ、札差は儲かるのでございましょう」

扇太郎の算盤《そろばん》を天満屋孝吉が否定した。

「そうだがな。小姓の役目を得るためにどれだけ金がかかったやら」

「長崎奉行千五百両、代官五百両に比べれば、少ないでしょうが」

天満屋孝吉が述べた。

役得の多い役目に就くには、それだけの対価がかかると、幕臣の間でひそかに囁かれている金額である。

「そのときの借財か」

頬を扇太郎はゆがめた。

扇太郎が苦渋の表情を浮かべたのは、朱鷺と同じであったからである。役目を欲しがった親によって、朱鷺は遊女として売り飛ばされた。

「それはわかりませぬ。なんに遣う金かなど一々問うていては、金貸しなどできませぬ」

択善が首を振った。

「それもそうか。で、なにを拙者にさせたいのだ」

「伺いましたところ、榊さまはお目付の鳥居《とりい》さまとご懇意だとか」

おそるおそる択善が言い出した。

「……天満屋」

厳しい目で扇太郎は天満屋孝吉を睨《にら》みつけた。

「そのとおりでございましょう」

天満屋孝吉が、表情一つ変えず飄々《ひょうひょう》と述べた。

「榊さまが、鳥居さまの引きで小人目付から闕所物奉行へ移られた。このことは、御上《おかみ》のお役人さま、皆ご存じで。お役人が知ったことは、翌日に江戸中へ拡がりまする」

「ううむ」

扇太郎は唸《うな》るしかなかった。

「鳥居さまの走狗《そうく》、それが榊さまの姿」

きっぱりと天満屋孝吉が述べた。

「少しは言葉を飾れ」

大きく扇太郎が息を吐いた。

「御坊よ。末森のこと、調べてみよう」

「よしなにお願いいたしまする」

ふたたび択善が手を突いた。

「天満屋には借りがあるからな」

「こちらの借りも多ございますが」

扇太郎の話に、天満屋孝吉が表情を引き締めた。

「子細は、天満屋に伝えておく」

用はすんだと扇太郎は立ちあがった。

「お見送りを」

択善が扇太郎について階段を下りてきた。

「ここでいい」

船宿の土間で、扇太郎は択善を制した。

「では、なにぶんにもよろしくお願い申しあげまする」

頭を下げしなに、択善が扇太郎の袂《たもと》へ素早く紙包みを落とした。

「…………」

無言で船宿を出た扇太郎は、少し離れてから、袂の紙包みを取り出した。

「二両か。はずんだな」

重さから扇太郎は中身を推測した。

「逐電されてしまえば、借金を取り戻すことはできなくなる。それを思えば、安いか」

扇太郎は紙包みを懐の紙入れへ納めた。

三

闕所物奉行は大目付《おおめつけ》の配下である。もっとも犯罪に伴う財物の没収を任とすることから町奉行所ともかかわりが深い。

頼まれた翌日、扇太郎は北町奉行所へ筆頭与力《よりき》を訪ねた。

「どうした、榊」

筆頭与力が、人払いを頼んだ扇太郎へ訊いた。

不浄職としてさげすまれ、目通りの叶わない町奉行所与力であるが、その権は強い。異動していく町奉行よりも、江戸の町に詳しい。なにより、同心たちを把握しているのが、大きかった。

「浅草福富町でなにか、変わったことがございませなんだか」

扇太郎は尋ねた。

「……浅草福富町と言えば、田所《たどころ》の廻り場だな。ふむ。しばし待て」

筆頭与力が、一度執務部屋へ引っこんだ。

町奉行所には、外に出せない書付などが山のようにある。とくに筆頭与力ともなると、その質も量も桁《けた》が違う。よほどの客でない限り、筆頭与力の執務部屋へ入ることは許されなかった。

「二日前に、福富町三丁目の米屋讃岐屋《さぬきや》が、大八車を盗《と》られたと申し立てておるな」

煙草を一服するほどの間で、出てきた筆頭与力が手にしていた書付を見た。

「大八車」

「うむ。店の外に立てかけ、縄で縛ってあったのを二台とも持っていかれたそうだ」

「縄は」

「切られていたそうだ。ほどけては困るゆえ、少し強めにくくってはあったそうだが、さしたる手間なく外せるようにしてあったと、讃岐屋は言っておるようだが」

「物音などは」

「聞いておれば、奉公人どもが騒ぎ立てたはずだ」

続けて尋ねる扇太郎へ、それくらいわからぬかと筆頭与力が冷たく言った。

「で、なんだ」

筆頭与力が、扇太郎を見つめた。

闕所物奉行は、筆頭与力の配下ではないが、格下になる。なにより闕所のたびに屋敷や蔵の警備を町奉行所から出してもらっているのだ。力関係はまちがいなく扇太郎が下になった。

「じつは……」

扇太郎は話した。

「西の丸小姓どのがか」

筆頭与力が唸った。

「町方《まちかた》のかかわれる話ではないが……」

讃岐屋から出ている大八車盗難の一件について調べないわけにはいかない。江戸の町屋で起こった事件はすべて、町奉行の任であるというのもあるが、放置すれば薄禄の同心たちの生活を支える出入りに響いてしまう。

出入りとは、町奉行所独特の慣習であった。

大名、旗本、豪商などは、多くの家臣や使用人を抱える。どうしても玉石混淆《こんこう》となり、なかには罪を犯す者も出た。

武家でも屋敷内ならばなんとかできるが、外で町人ともめ事でも起こしてくれれば、町奉行所の出役を避けられなかった。

町奉行所が嚙《か》めば、手間がかかった。呼び出されれば行かなければならないし、行けば行ったで半日は潰《つぶ》される。なにより、町奉行所へ呼ばれたという汚名が痛いのだ。武家では家名に、商家では看板に傷が付く。

そのような羽目に陥らないよう、大名や、旗本、商家は、あらかじめ町奉行所の役人へ近づき、それ相応の対価を渡しておくのだ。もらった役人たちは、相手になにかあったときできるだけ表沙汰にならないよう手配し、よほどでない限り内済ですませる。

こうして金をもらうことを、出入りと言い、もらった金は町奉行所へ集められ、節季ごとに分配された。

「夜逃げか」

「ではないかと」

扇太郎も筆頭与力の意見へ同意した。

「借財を返せずに逃げた。……これが町屋の話ならば、珍しくもない」

「はい」

「しかし、それがお旗本となると納得がいかぬな」

筆頭与力が、眉をひそめた。

「黙っていても入ってくる禄。まあ、それだけならば夜逃げを否定できぬがな。禄だけではとうてい返せぬほど借りていればな」

「どのくらいが……」

「三年というぞ。三年分の禄をこえれば、まず返済は無理だそうだ」

「……三年でござるか」

小さく扇太郎が唸った。

かつて榊家も借財を抱えていたことがあった。無事に返済はすませたが、利息の高さもあってなかなか元金が減らなかったことを扇太郎は覚えていた。

「それを調べることは」

「できぬな。借金で首が回らなくなる輩《やから》の多くは、何カ所からも借りておる。札差だけならば、町奉行所のお調べという名目で、末森どのの借財を知れるだろうが……」

「得体の知れぬ坊主からも借りるようならば……」

「どうしようもないの」

筆頭与力が首を振った。

「お手をとらせました」

一礼して扇太郎は立ちあがった。

「旗本が逃げたとなれば、改易闕所となるな。人手のことなら、いつでも言え」

「お気遣いかたじけない」

扇太郎は礼を口にした。といったところで、闕所が終わるたびに、扇太郎の取り分から幾何《いくばく》かの金を筆頭与力のもとへ差し出しているのだ。それくらいはしてもらわなければ、割が合わなかった。

「なにかあったら報《しら》せよう」

背を向けた扇太郎へ、筆頭与力が声をかけた。

小普請組の旗本や御家人が消えたのではない。当番の日に登城してこなければ、ごまかしようもない。大御所家斉の側に仕える小姓の出奔は、数日を経ずして明らかになった。

「居場所を探せ」

大御所側近の林肥後守が、厳命した。

小姓や小納戸《こなんど》などがいなくなるのは、大御所家斉への不満ととられかねなかった。

小姓が逃げ出すほど家斉は主君として足りていない。表に出てくることはないが、十二代将軍の座に着いた家慶《いえよし》の側近あたりの口から囁かれる。

将軍の座を譲りながら、権を握り続けている家斉への反発は大きい。小姓の行き方知れずが、家慶側近たちの反抗を呼びさましては、おおごとになる。とくに家斉の寵愛《ちょうあい》で出世を重ねてきた若年寄林肥後守忠英、御小納戸頭取美濃部筑前守茂育《みのべちくぜんのかみもちなる》、御側御用取次水野美濃守忠篤らにとって、大御所の凋落《ちょうらく》は許し難いことであった。

「たしかに旗本の不始末は目付の任であるが……」

目付部屋は困惑していた。

旗本のなかの旗本とうたわれる目付は俊英な者ばかりである。しかし、江戸の城下だけでも広大であるのに、どこへ逃げたかわからぬ旗本を追いかけるだけの人員は持っていなかった。

「当番どの」

互いをも監察した目付に上下はないが、それでは困ることも多い。便宜上、月ごとに当番を決め、まとめをさせていた。

「鳥居か」

嫌そうな顔を当番がした。

声を出したのは鳥居耀蔵《ようぞう》であった。儒学の大家林家の出である鳥居耀蔵は、目付のなかでも峻厳《しゅんげん》なことで知られていた。また、出世の望みを隠そうとせず、手柄を立てるためならば、どのような手段も厭わない強引なやり方に、目付部屋のなかでも鳥居耀蔵は嫌われていた。

「その任、拙者が承ろう」

「貴殿がか」

当番目付だけでなく、その場にいた目付たちが驚愕した。

解決できそうにない任なのだ。できれば林肥後守たちの覚えはめでたくなろうが、失敗すれば、ただではすまない。下手をすれば目付から解任されるはめになる。出世を願うならば、手出しをせず、他人に押しつけるのが最善なのだ。無謀ともいうべき役目を引き受けると鳥居耀蔵が手を上げた意外さに一同は言葉を失っていた。

「よろしいか」

「……あ、ああ。では、任せた」

念を押されてようやく当番目付が首肯した。

「では、少し手配をいたさねばならぬので、これで」

鳥居耀蔵が立ちあがった。

目付部屋を後にした鳥居耀蔵は、その足で大手御門を出ると、広場で主君の下城を待っている家士のもとへと近づいた。

「これは殿、なにか」

大手御門広場の片隅で腰を下ろしていた家士が、鳥居耀蔵に気づき、あわてて立ちあがった。

「榊を呼んで参れ。目付部屋で待っておる」

用件を言いつけて、鳥居耀蔵は戻っていった。

「鳥居さまが」

家士の訪問を受けて、扇太郎は屋敷を出た。

「何用か聞いてはおらぬか」

同道する家士に扇太郎は訊いた。

「いいえ」

「お怒りであったか」

「そのようには、お見受けいたしませんでしたが」

家士は首を振った。

鳥居耀蔵の教えなのか、家士は余計な口を利かなかった。

「……………」

扇太郎は黙った。

小人目付であったとき、扇太郎は鳥居耀蔵に目をつけられ、財を取りあげられるという人の悲しみを目の当たりにする闕所物奉行へと移された。

鳥居耀蔵のおかげで、家禄からして低すぎた小人目付から、闕所物奉行へと引きあげてもらった恩を扇太郎は感じていたが、道具扱いされることに反発し、心のなかでは反抗をしている。それを鳥居耀蔵は知っている。いつ首を切られてもおかしくない状況であった。

「どっちにしろいい話じゃねえな」

口のなかで扇太郎は呟いた。

「遅い。安宅町からならば、もう小半刻《こはんとき》（約三十分）は前に来ていなければならぬ」

鳥居耀蔵の叱責が、扇太郎を迎えた。

「申しわけございませぬ」

うかつな弁護は、より鳥居耀蔵を煽《あお》る。扇太郎は小人目付以来のつきあいで、鳥居耀蔵の気質を学んでいた。

「ときは有限である。人の一生など長くて七十年、そのうちご奉公できるのは、五十年ほどでしかない。一日、いや寸刻といえども無駄にすることは、不忠である」

「…………」

説教を扇太郎は平伏して避けた。

「まあいい。きさまごときに旗本の気概を説くなど、まさにときの無駄遣いである」

「……御用は」

できるだけ早く鳥居耀蔵の前から去りたい扇太郎は、促した。

「ついてこい」

目付部屋は他職の立ち入りが許されていない。鳥居耀蔵が、扇太郎を近くの空き座敷へと誘った。

「旗本の一人が行き方知れずとなった」

「末森さまでございますな」

思わず扇太郎は口にしてしまった。

「ほう」

すっと鳥居耀蔵の目が細くなった。

「昨日、噂《うわさ》を耳にいたしましただけで……」

あわてて扇太郎は言いわけした。

「知っておるならば、なにも言わずともよかろう。探し出せ」

鳥居耀蔵が冷たい声で命じた。

「無理でございまする。闕所物奉行には人がおりませぬ」

扇太郎は拒んだ。

「人がおらぬ代わりに、金の動きは摑《つか》めよう。末森家を改易に処すよう御老中さまへ進言してこよう。用意にかかっておけ」

用はすんだ、と鳥居耀蔵が空き座敷を出て行った。

四

「面倒というのは、一度に来るものだな」

屋敷へ帰った扇太郎は奉行所として使っている玄関脇の間に腰を下ろし、嘆息した。

「お目付さまの御用は、いかようなものでございましたか」

大潟が気遣いげに問うた。

「旗本が逐電したそうだ」

「逐電」

「馬鹿な」

扇太郎の言葉に、手代たちが驚愕した。

「その闕所をおこなえとのことだ。まだ正式に改易となったわけではないが、下調べを始めておけと」

「下調べでございまするか」

難しい顔を大潟がした。

闕所物奉行の権は、闕所にかんしてはほぼ無限なほど大きい。それこそ、相手が旗本であろうが大名であろうが、押さえこむことができる。しかし、これは、闕所が決定して初めて使える力であった。

「屋敷に入ることも難しいか」

「はい」

大潟が首肯した。

旗本の屋敷は、町奉行所でさえ手出しができなかった。

「かといって、闕所が決まるまで放置していたのでは、鳥居さまの機嫌を損なうぞ」

目付は旗本御家人にとって鬼より怖い。鳥居耀蔵の一言で、榊家はあっさりと潰される。

「いかがいたしましょうか」

手代では、どうこうするとさえ言えない。大潟が扇太郎へ命《めい》を請うた。

「借金があったらしい。取りあえず浅草あたりの金貸しから当たるしかないな」

扇太郎は天満屋孝吉を頼る気でいた。

「出てくる」

「いってらっしゃいませ」

手代たちに見送られた扇太郎は、二日続けて両国橋を渡った。

「天満屋はいるか」

扇太郎は、浅草寺門前町の古着屋天満屋を訪れた。

「これは、お奉行さま。あいにく出かけておりまするが、居所はわかっておりまする。しばらくお待ちくだされば、すぐに」

出迎えた番頭が述べた。

天満屋孝吉は、表の商売より、裏である顔役で忙しい。店は番頭に任せきりであった。

「頼む」

天満屋孝吉の居間へ足を踏み入れた扇太郎は驚いた。

「これは……」

誰もいないと思っていた居間に、女が座っていた。扇太郎は思わず足を廊下へと戻した。

「どうぞ」

長火鉢の奥にいた女が、立ちあがった。

「榊さまで」

「ああ」

扇太郎は、首をかしげた。まったく女に見覚えがなかった。

「…………」

長火鉢を回って、女が襖際《ふすまぎわ》へ座を変えた。

「お初にお目にかかりまする。天満屋孝吉の世話を受けておりまする芳《よし》と申しまする」

芳がていねいに頭を下げた。

「榊扇太郎だ。天満屋とは懇意にしている」

廊下に立ったまま扇太郎も名乗った。

「お奉行さま、そのようなところにおられては、わたくしが天満屋から叱られまする。どうぞ、なかへ」

ほほえみながら、芳が勧めた。

「邪魔をする」

言われて扇太郎は、いつもの場所、長火鉢の手前へ腰を下ろした。

「ご無礼を」

軽く一礼して、芳が長火鉢の上から鉄瓶を降ろし、急須へ注いだ。

「粗茶でございまするが」

芳が茶を淹《い》れた。

「すまぬ」

扇太郎は茶碗へ手を伸ばした。

「熱い」

あわてて扇太郎は茶碗から手を離した。

「ふふっ」

小さく芳が笑った。

「…………」

扇太郎はどうしていいか、わからなくなっていた。

江戸一の繁華を誇る浅草寺門前町を縄張りとする天満屋孝吉の女は、さすがの器量よしであった。朱鷺も衆に優れた美貌であったが、芳は一枚上をいっていた。妙齢の美人、それも天満屋孝吉の思い人と二人きりという状況に、扇太郎は居ごこちの悪さを感じていた。

「天満屋の申しますとおり、おもしろいお方で」

少しだけ芳が小首をかしげた。

「……天満屋が、拙者のことを噂していると」

「はい」

ほほえみながら、芳がうなずいた。

「どのようにだ」

「今時のお武家さまとしては、できの良いほうだと。ただ、少しばかり世間をご存じない」

扇太郎の質問へ芳がすなおに答えた。

「天満屋め」

扇太郎は渋い顔をした。

「あと」

「……あと」

「初心《うぶ》とも。女にまったく慣れておられない。そのとおりのお方でございまする」

手で口を押さえ、笑いを隠しながら芳が告げた。

「…………」

扇太郎は鼻白んだ。

「朱鷺さまとおっしゃるお方さまをお側におかれておられるとか」

「そこまで、天満屋はしゃべったのか」

「寝物語ほど、恐ろしいものはございませぬ」

芳が告げた。

「それほど口が軽いとは、天満屋を見損なった」

怒りを扇太郎は口にした。

「いいえ。榊さま、それは違いまする」

はっきりと芳が首を振った。

「寝物語とは、男女が一つの夜具にくるまってするものでございまする」

「ああ」

今更なにを、と扇太郎は芳を見た。

「寝物語の前には、なにがございまする」

「……それは」

瞳を覗《のぞ》きこんできた芳に、扇太郎は引いた。

「はい。男女の睦《むつ》み合いがございましょう。寝物語とは、そこまでの仲になった男と女のなかでしか成り立ちませぬ。榊さまも朱鷺さまとなされましょう」

「……いいや」

そう言われて扇太郎は、朱鷺と閨《ねや》で話をした記憶がないと気づいた。ことがすんだあと、朱鷺はいつも扇太郎にすがりついてはくるが、なにも言おうとしない。男女の営みは遊女時代を思い出して辛《つら》いのだろうと、扇太郎もあえて話しかけなかった。

「いけませぬ」

芳が眉をひそめた。

「するだけのことをすませ、寝物語もなく眠りに就くようでは、遊郭《ゆうかく》で妓《おんな》を買うのと同じではございませぬか。いえ、それよりひどうございましょう。妓といえども馴染《なじ》みとなれば、寝物語をするようになりまする。吉原などは、客と妓を夫婦に見立てるといいまする。当然、情もかよわしましょう」

「なにを話してよいのか、わからぬ」

責められた扇太郎は、そう言うしかなかった。

「なんでもよいのでございますよ。ただ、話をすることが肝心なのでございまする。黙っていては男と女が、わかり合えるはずなどございませぬ。ねえ、旦那さま」

居間の外へと芳が、顔を向けた。

「そうだな」

苦笑いをしながら天満屋孝吉が入ってきた。

「お待たせをいたしました」

天満屋孝吉が、長火鉢の向こうへ座った。

「ご紹介しておりやせんでしたが、わたくしの女で」

「だそうだな。しかし、ずいぶんな器量よしだな。朱鷺では太刀打ちできぬぞ」

照れる天満屋孝吉を、扇太郎はからかった。

「ご勘弁を」

天満屋孝吉が額の汗を拭《ぬぐ》った。

「お酒の用意をいたして参りましょう」

芳が出て行った。

「たしか、女房と子供は表に出さないと言っていたのではないか」

先日、女の話をしたとき、聞いたことを扇太郎は忘れていなかった。

「普段は、ここに来させませんがね。ちと、あいつの実家でもめ事があり、その相談に」

「もめ事……いいのか」

扇太郎は気遣った。

「ええ。もう、すみやした。その手配に出ていたんでございますよ」

「それならばいいが」

「お待たせをいたしました」

膳を一つ手に、芳が戻ってきた。

「終わったよ」

「かたじけのうございまする」

報告を聞いた芳が、天満屋孝吉に深く礼をした。

「では、わたくしはこれで」

一杯ずつ扇太郎と天満屋孝吉へ酒をついで、芳が立ちあがった。

「気をつけてな」

「世話になった」

天満屋孝吉と扇太郎が見送りの言葉をかけた。

「いい女だな。うらやましい限りだ」

　扇太郎は盃を口にした。

「ありがとうございまする」

　褒《ほ》められて天満屋孝吉が軽く頭を下げた。

「見栄えだけじゃない。初対面の武家へ、堂々とものの言える度胸。さすがは天満屋が気に入っただけのことはある」

　新しい酒を手酌で注ぎながら、扇太郎は芳を褒めた。

「朱鷺さまのことを知っていながら、こちらはなにもなしじゃ、義理がとおりやせんね」

　天満屋孝吉が酒を干した。

「あいつは、もと神田《かんだ》で筆屋をやっていた青巌洞《せいがんどう》の長女でございまして」

「青巌洞か。名前は聞いたことがあるぞ」

「御三家お出入りを許されていたほどの、大きくはございませんが名の知れたところでございました。それが、八年前に潰れてしまいまして」

「ほう。儲けは大きくないだろうが、大名出入りの筆屋は手堅い商売であろう。それが店をたたむとは」

　扇太郎は天満屋孝吉を見た。

「ご推察のとおり、博打《ばくち》でございますよ。芳の兄が、たちの悪い筋者の誘いにのって、大名屋敷での博打にはまってしまいましてね」

「たちの悪い博打か」

「へい。最初のうちは小さく勝たせて、小さく負けさせてを繰り返し、博打場の色に染まったころ、大きな負けを喰《く》らわせる。さいころ博打じゃ、使い古されたいかさまにはまってしまって、数百両という負けを作ってしまったんで」

「数百両とは、すさまじいな」

金額に扇太郎は驚愕した。

「いかに名店とはいえ、それだけの金をおいそれと出せるわけはございません」

「そりゃあそうだろう」

「しかし、博打の借金は、親が死んでも待たないのが決まり」

借金の形《かた》もなにもなしで、大金をその場で融通するのだ。博打場の借金には独特の縛りがあった。

「息子の命か店かとなれば、そこは親でございまする。青巌洞の主《あるじ》は、潔く店を売って金を工面したのでございますが……」

「馬鹿息子は懲りなかったか」

扇太郎は嘆息した。

「ご推察のとおり」

「はめられたな」

裏を扇太郎は見抜いた。

「さすがで。博打場の親方が所望だったのは、最初から筆屋小町と名高かった芳の身体だったと」

天満屋孝吉が首肯した。

「だが、そんな没義道《もぎどう》なまねを、よく神田の顔役が許したな」

扇太郎が首をかしげた。

顔役は縄張りのすべてに責任を持つ。博打場から遊女屋、世間の裏で商いをしている連中のしでかしたことで、顔役の面《つら》に傷が付くのだ。

「神田でございますよ」

冷たい声で天満屋孝吉が言った。

「あいつか」

思い出したと扇太郎も手を打った。

すでにこの世にはいないが、先代の神田の顔役、上総屋幸右衛門《かずさやこうえもん》は、たちの悪い男であった。金のためならなんでもやるとあこぎなまねを繰り返していたが、実入りの多い浅草の縄張りに触手を伸ばし、天満屋孝吉の怒りを買って排除されていた。

「新たな借金を返すだけの財は、もうどこにもございやせん。だからといって、見逃してくれるはずもなし、芳は借金の形に連れて行かれやして……」

「………」

その先は言わずと知れていた。扇太郎も沈黙した。

「数日乱暴の限りを尽くされた芳が、隙を見て逃げ出した。行く先は」

「大川か」

扇太郎が苦い顔をした。

「両国橋の欄干《らんかん》をこえようとしていたのを偶然見つけて、わたくしのところまで連れて帰ったので」

「相手は黙っていたか」

「まさか」

天満屋孝吉が薄く笑った。

「両国橋の上で、身投げ女を浅草の顔役が連れて行ったんじゃ、それこそ読売瓦版《かわらばん》ものだ。相手にもすぐ知れたろう」

「次の日には、若いのを連れてぞろぞろと店まで来てくれましたよ」

感情のこもらない声で天満屋孝吉が述べた。

「愚かだな。相手を見る目がない」

「顔役と言っても上総屋のような奴しか知らなければ、少しの金でかたがつく。あるいは、ちょいと脅せばどうにでもなる。そう思ってもいたしかたございません」

「始末したか」

「ご冗談を。人殺しは御法度《ごはっと》でございますよ」

「よく言う」

しらっとした天満屋孝吉へ、扇太郎はあきれた。

「まあ、芳を取り立てる連中がいなくなったのは確かでございますが」

「顔役の地元へ徒党を組んで脅しをかけたんだ。全員そろって土の肥やしになっても仕方ないな」

扇太郎は顚末《てんまつ》を理解した。

「といったところで、博打場の頭《かしら》がいなくなっただけで、借金は消えちゃいませんからね。かといって、一度手を伸ばしてしまったものを見捨てるような後生《ごしょう》の悪いまねもできず、店で預かっているうちに……」

頭に手を置いて天満屋孝吉が照れた。

「男と女。することは一つか」

己の身に置き換えて扇太郎も苦笑した。

「なればこそか。人の怖さ、恨み、優しさを知っていればこそだな。なかなか痛いところを突かれたわ。男と女は決してわかり合えない。わかり合えないからこそ話せるか」

扇太郎が繰り返した。

「少しでもわかってもらうために、人は言葉を操るので。もちろん、騙《だま》すために使う場合もございますがね」

天満屋孝吉が述べた。

「ところで、今日はどういった御用で」

「それだ」

言われて扇太郎は、手にしていた盃を置いた。

「じつは……」

扇太郎は事情を告げた。

「先日の金貸しのお話とつながりましたか」

「ああ。お目付さまの話では、末森を改易とするのはまちがいないとのことだが、なにぶん身分がな」

「西の丸お小姓となれば、大御所さまのお側近くに仕える。それが、逃げたとなれば、大御所さまの鼎《かなえ》の軽重を問われまするか」

「らしいな。そのあたりは、よくわからん。末森が逃げたのは、金貸しの取り立てからであって、大御所さまからではないはず。大御所さまへ波及することではないと思うのだが、雲の上のお方たちのお考えになることは、どうもわからん」

盃を持ちあげて、扇太郎は呷《あお》った。

「で、末森さまが、浅草のどの金貸しにどれだけ借りていたかを知りたいと」

依頼の内容を天満屋孝吉が確認した。

「ああ」

「難しゅうございますよ」

首を縦に振った扇太郎へ、天満屋孝吉が難しい顔をした。

「金貸しにとって帳面は命。門外不出でございまするから」

「天満屋の頼みでもか」

「はい。誰にいくら貸しているというのを他人に見せたとわかれば、もう金を借りに来る者はおりませぬ。場末の長屋に住んでいる者はよろしいでしょうが、ちゃんとした商家が資金繰りとして利用しているのはまず止まりましょう。あそこは、金貸しに借りなければならないほど内情が悪いと噂になれば、もう商いはできませぬ」

はっきりと天満屋孝吉が否定した。

町内から出ることなく、衣食を賄える江戸では、信用売り買いが当たり前であった。

信用売り買いとは、その場で現金決済をするのではなく、節季ごとにまとめて金のやりとりをすることである。

当然、何カ月か先にまちがいなく金をもらえると思っていればこそ、商品を納めるのだ。つまりは、慣例に基づいた契約である。そこに悪い評判が立てば、信用がなくなる。そうなれば、誰も商品を売ったり、納入したりしなくなるのだ。

「ひそかにと言ってもだめか」

「無理でございまするな。なにより、そのような願いをしたとなれば、わたくしの評判が地に落ちまする」

天満屋孝吉が断った。

「では町奉行所の手を借りれば、どうにかなるかの」

金貸しは町民である場合が多い。それこそ天下の豪商である札差でさえ、町奉行所からの依頼となれば断れなかった。

「ではございましょうが、町奉行所が動いてくれましょうや」

浅草という繁華な土地を抑えている天満屋孝吉は、町奉行所の裏にも詳しい。どころか、何人もの与力同心を金で飼っている。

「お目付さまから、町奉行さまへ話を通してもらうしかねえな」

進捗のない状況で鳥居耀蔵へ頼みごとをするのは、気が重いと扇太郎は嘆息した。

「借金で逃げたお旗本の闕所、金目のものなんぞ残っちゃいやせんでしょう。とても、儲かりそうにはございませんな」

これ以上かかわりたくないと、暗に天満屋孝吉が告げた。

「手間をとらせた」

扇太郎は、天満屋を後にするしかなかった。

第二章　武家の苦衷

一

扇太郎は、天満屋孝吉と別れた足で、北町奉行所を訪れた。

「連日とはめずらしいな」

笑いながら、筆頭与力が出迎えた。

「一つお願いがございまする」

「なんだ」

筆頭与力が訊いた。

「浅草の金貸しどもへ、末森にどれだけの金を貸していて、返済がどのていどなされていたかを見せるよう、通達を」

「…………」

表情を消して、筆頭与力が扇太郎を見た。

「無理は承知でござる」

深く扇太郎は、頭を下げた。

「無茶を言いやがるなあ」

筆頭与力が嘆息した。

「金貸しにとって帳面がどれほどたいせつなものか、わかっているんだろ」

「はい」

扇太郎はうなずいた。

「田所を呼んでこい」

大声で筆頭与力が叫んだ。

「ちょっと待っておれ。田所に話をしてやる。そこからは、知らぬ」

「かたじけのう」

筆頭与力の手助けに、扇太郎は深く頭を下げた。

町方にとって重要な収入である出入りに、浅草の金貸しも入っているのだ。護《まも》らねばならない出入り先を、売るにひとしい行為を扇太郎は頼んだのだ。

「お目付さまであろう」

「……………」

言われた扇太郎は、返答できなかった。

「わかるさ。おぬしが、鳥居さまの紐付《ひもつ》きだと、誰もが知っている」

「はあ」

苦い顔を扇太郎はした。

「上に立つお方は、下の苦労をご存じではない」

ちらと筆頭与力が、奥へ目をやった。

代々町方として生きている与力や同心と違って、町奉行は交代する。とくに旗本のあこがれである町奉行や勘定奉行などは、余得も多く、加増されることも多い。旗本の上がり役といわれる大目付や、留守居《るすい》に転出していくのも夢ではないのだ。

当然、そこまで出世するほどの旗本は、皆、野心に満ちたものばかりである。己の手柄のためならば、下僚を酷使するなど平気であった。

上を見る者は、下を気にしない。鳥居耀蔵にとって扇太郎は、簞笥《たんす》の上にあるものを取るため持ち出した踏み台なのだ。目的を果たすために要《い》り用であっても、踏まれる台が痛がることなど気にもしていない。いや、思うことさえない。

「お呼びで」

そこへ田所が顔を出した。

「詳しい話は、榊に聞け。儂《わし》は知らぬ」

あっさりと筆頭与力が逃げていった。

「闕所物奉行の榊さまでございますな」

田所が確認した。

闕所は刑罰の付加である。闕所物奉行は町奉行所と密接な関係にある。町方同心が扇太郎の顔を知っていても不思議ではなかった。

「いかにも。本日はお呼びたてして申しわけない」

闕所物奉行は、町奉行所筆頭同心上席格になる。廻り方同心より格上であるが、扇太郎はていねいなもの言いをした。

「ご用件はなんでござろう」

「じつは……」

田所の問いに、扇太郎は語った。

「金貸しの帳面でござるか」

やはり田所も難しい顔をした。

「無理であろうか」

扇太郎は、田所の顔色をうかがった。

町同心にとって、商家の出入りは生活の糧《かて》である。それを奪うようなまねは、さすがにできなかった。

「ううむう」

町奉行所の同心ほど世俗に長《た》けている者はいない。武士というより町人に近いのだ。それだけに依頼の困難さをもっとも理解していた。かといって目付の要請に近い扇太郎の求めを無にするのも難しい。

「必ずとは申せませぬ」

田所が首を振った。

「訊くだけでよろしければ……」

「かたじけない」

葛藤《かっとう》がわかるだけに、扇太郎は心から感謝した。

「参りましょう」

すぐに田所が歩き出した。

北町奉行所から浅草までは、半刻（約一時間）ほどである。

「しばし、ここでお待ちなされよ」

外に扇太郎を残して、田所が一軒の商家へと入っていった。

「両替商、長浜屋か」

扇太郎は店の看板を見た。

両替商は、小判を銭に換えたり戻したりする商売である。

小判というのはあまりに高額すぎた。銭にすれば、相場で上下するとはいえ、四千文から六千文ほどになる、なまじの店で出しては、おつりに困った。それを防ぐため、小判などはあらかじめ両替商で崩しておくのが常識となっていた。

両替商は、小判を銭に、銭を小判にと換えることで手数料を取り、商売としていた。もちろん、金を扱う商売である。金貸しもおこなっていた。

「金は唸るほど持っている」

重さを量る分銅を象《かたど》った看板の古びた色合いが、長浜屋の歴史を語っていた。

「榊さま」

田所が出てきた。

「いかがでござろうか」

「末森どのの名もござったわ。これを……」

懐から田所が書付を取り出した。

「帳面を見せることはやはりできぬとのことでございまする。これは、拙者が訊いてきた金額で」

「かたじけない」

深く扇太郎は、頭を下げた。

長浜屋は、帳面を見せたという事実を避けた。長浜屋の主が口にした金額を、偶然居合わせた町方同心の田所が耳にした。

体裁を整えただけだが、これも商人の生き抜く手立ての一つであった。

「なんと……」

書かれた金額は、じつに千両をこえていた。

「四百五十石では、とても返せる金額ではない」

末森家の年収は二百二十両ていどなのだ。そのすべてを吐き出したとして元金の返済だけで五年かかる。利子まで入れると七年近くかかるのだ。しかもその間は一文も遣えない。米を喰わず、服を作らず、人を雇わずなどできるものではない。

「他にも金を借りているところがあるという。とても、返済できる状況ではない」

「でござるなあ」

横に立っていた田所が同意した。

「次に参りましょうか」

「いや、もうけっこうでござる」

扇太郎は首を振った。

末森家の借財状況は十二分に知れた。

「ご協力に感謝する」

田所に頭を下げて扇太郎は、浅草寺へと足を向けた。

「そろそろおいでかと思いましたので」

店の外で天満屋孝吉が扇太郎を迎えた。

「よくわかったな」

扇太郎は驚愕した。

「種を明かせば、簡単なことでございますよ。私の縄張りにお奉行さまが入られれば、すぐ報せが来るだけで」

「見張られておるのか」

不快だ、と扇太郎は天満屋孝吉を睨《にら》んだ。

「配下の者を貼り付けているわけじゃございませんよ。浅草に住む者が、お奉行のことを存じているだけで」

「すさまじいな、顔役の力というのは」

「人徳というものでございましょう」

笑いながら天満屋孝吉が、述べた。

「……己が言うか」

扇太郎はあきれた。

「参りましょうか」

儲けの出ない旗本闕所は嫌だと天満屋孝吉は言っていたが、それですむわけではなかった。見積もりの権利は、一度でも闕所の手伝いを拒否したことで、別の者へと移ってしまうのだ。いい話だけ受けて、悪いのは手出ししないという、商人のつごうを認めないための慣習であった。

「ああ」

同意して扇太郎も歩き出した。

「で、どうでございました。借財の高は」

向かいながら、天満屋孝吉が問うた。

「千両ではきかなかったわ」

「それはまた……なにに遣われたのやら」

聞いた天満屋孝吉が驚いた。

同じ浅草の縄張りである。末森の屋敷まで、小半刻（約三十分）もかからなかった。

「大門は閉まってやすが、潜《くぐ》り戸は開いてやす」

一足早く様子を見に出ていた仁吉が報告した。

「どうしやすか」

「入ろう」

躊躇《ちゅうちょ》なく扇太郎は決めた。

「おい」

「へい」

天満屋孝吉に言われて、まず仁吉が入った。

「どうぞ」

「すまぬな」

続いて扇太郎が潜り、天満屋孝吉も続いた。

「玄関はどうだ」

「閉まってやすね」

板戸を動かそうとした仁吉が首を振った。

「ならば、台所口へ回ろう」

扇太郎は歩き出した。

普請《ふしん》奉行によって作られる旗本屋敷の構造はどこも同じである。玄関から庭へ回り、母屋に沿って進めば、台所口にあたる。

「こちらは開いてるようでというより、壊されてますぜ」

庭で扇太郎を追い越して、先に立った仁吉が告げた。

「来なくなった末森の様子を見に、同僚が来たと聞いた。そいつではないのか」

「お旗本が、台所口の木戸を蹴破るとは思えませぬが」

壊れた木戸を検《あらた》めた天満屋孝吉が言った。

「それもそうだな」

言われて扇太郎も納得した。

「ここで止まっているわけにもいくまい。入るぞ」

雪駄《せった》と足袋《たび》を脱いでから、扇太郎は屋敷へとあがった。

「人の気配はないが……用心にこしたことはない」

扇太郎は脇差《わきざし》を抜いた。

「仁吉」

「へい」

小腰を屈《かが》めた仁吉が、先頭に立った。

「みごとに荒らされてますなあ」

どの部屋も障子や襖が開け放たれ、なかの状態がよくわかった。

「金目のものをまるごと持って行った。盗賊の仕事とも思えるが……」

「盗賊にしては、汚すぎますな」

天満屋孝吉が、扇太郎の後を引き取った。

盗賊の目的は金目のものを探し出すことであり、無駄にときを食うそれ以外のことはまずしなかった。

「仏間をここまで荒らすとなれば、恨みを持つ者の仕業か」

転がった仏壇、踏み割られた位牌《いはい》という惨状に、扇太郎は嘆息した。

「でございましょうな。おそらく、踏み倒された金貸しの仕業」

相槌《あいづち》を打ちながらも、天満屋孝吉は淡々と屋敷内に残されたものの値踏みをおこなっていく。

「どうだ」

結局、誰と出会うこともなく、見積もりは終了した。

「どうしようもございませぬ。何一つまともなものが残っておりませぬ。幾何《いくばく》かの着物と、家財道具。全部合わせても五両にもいきますまい」

天満屋孝吉があっさりとお手上げを表明した。

「そうか」

「これが町屋ならば、家と土地を勘定に入れられるのでございますがねえ」

天満屋孝吉がため息を吐いた。

旗本の地所屋敷は、幕府からの支給である。私物ではなく、借りものなのだ。幕府の命《めい》があれば、取りあげられたり、別の場所へ引っ越したりしなければならなかった。

「襖とか障子もだめか」

扇太郎は確認した。

不思議なことに襖と障子は、自前で用意することになっていた。

「それを入れて五両と申しあげたのでございまする」

抜かりはないと天満屋孝吉が答えた。

「実入りのない闕所か」

「でございますなあ」

天満屋孝吉も同意した。

商人としては儲けが出ない仕事に、手を出すほど馬鹿なことはないが、それを許していては、闕所自体が成り立たなくなってしまう。

「すまぬな。手間を取らせた」

小さく扇太郎は詫びた。

「埋め合わせをお願いいたしますよ」

申しわけなさそうな扇太郎に、天満屋孝吉が言った。

「門に封をかけまするか」

仁吉が問うた。

封とは、闕所物奉行の封印で、何人《なんぴと》の立ち入りも禁じると書かれた書付であった。

「いや、まだ末森家の改易が、決定したわけではない。封印をかけることはできぬ」

鳥居耀蔵の求めで、下調べに来ただけなのだ。扇太郎は首を振った。

二

末森家の前で、天満屋孝吉と別れた扇太郎は、その足で下谷《したや》新鳥見町へと歩を進めた。

下谷新鳥見町にある鳥居家の屋敷は、二千五百石にふさわしい広壮なものであった。

「これは榊さま」

門番の小者がすぐに気づいた。

「鳥居さまは、宿直《とのい》でござろうか」

顔見知りの門番へ、扇太郎は尋ねた。

「いえ」

門番が首を振った。

「お戻りを待たせてもらいたいが、かまわぬかの」

「しばしお待ちを。伺って参りまする」

急いで門番が、潜り門の奥へと消えた。

「どうぞ。なかでお待ちくださいませ」

しばらくして戻ってきた門番が、潜り門を開けてくれた。

「白湯でございまするが」

やはり顔馴染みの中間《ちゅうげん》が、玄関脇の小部屋で座っている扇太郎の前へ湯飲みを置いた。

「かたじけない」

扇太郎は一礼して湯飲みを手にした。

旗本でも一千石をこえると、話が違ってくる。実入りも多くなるし、何より無役でいる期間が短いのだ。

これだけの禄をもらっているとなると、旗本でも名門である。大名と縁組みすることもあり、幕府のなかにいろいろな引きを持っている。家督を継いですぐに召し出されるのが普通であり、また与えられる役目も重くなる。千石取り以上の旗本は、本禄以外に役料などが入り、裕福な者が多かった。

それでも鳥居家は、主《あるじ》耀蔵の考えで質素であった。

「白湯が出るだけまし」

かつて鳥居耀蔵の下僚として小人目付を務めていたころなど、屋敷へ来ても座敷へ通すどころか、玄関脇で控えさせられるだけであった。

「ふん。なにより出世した気にさせてくれるのが、この白湯というのも、わびしいものだ」

扇太郎は笑った。

目付の仕事は、すべての役人、大名が下城するまで続く。下城時刻の暮れ七つ（午後四時ごろ）で終わらず、暮れ六つ（午後六時ごろ）まで仕事に従事する奥右筆《おくゆうひつ》や、勘定方も多い。それらすべてが、下城する様子を見張らねばならぬ鳥居耀蔵の帰邸は、早くても暮れ五つ（午後八時ごろ）を過ぎた。

「一刻半（約三時間）はあるな」

扇太郎は、客待ちの壁に背中をもたれさせ、目を閉じた。

「殿のお帰りでござる」

大声で扇太郎は目覚めた。

主の帰宅を迎えるため、一気に屋敷中があわただしく動き始めた。

「まもなく、主が参りますゆえ」

扇太郎にも報された。

客待ちは、玄関をあがってすぐにある。待つほどもなく、鳥居耀蔵が現れた。

「なにかわかったのか」

挨拶もなにもなく、客待ち座敷の敷居際で、立ったまま鳥居耀蔵が訊いた。

「本日末森家の屋敷を検分して参りましてございまする」

座り直して扇太郎は一部始終を語った。

「千両をこえる借財に、荒らされた屋敷か……」

聞いた鳥居耀蔵が、目を閉じた。

「末森の行方のあてとなりそうなものは、なにもなかったか」

「はい」

確認する鳥居耀蔵へ、扇太郎は首肯した。

「…………」

鳥居耀蔵の眉間《みけん》にしわが寄せられた。

「末森家の改易はどうなりましょう」

扇太郎は問うた。

「改易に処せば、その理由が明らかになる。大御所さまのお名前に傷が付くと水野美濃守どのや、林肥後守どのが、強く反発されて、なかなか進んでおらぬ」

「しかし、改易にしていただかねば、これ以上の手出しは、できませぬ」

闕所物奉行の権は、罪が確定してくれないと使えなかった。厳密にいえば、本日の行動も問題であった。

「上様へ、直接……」

「黙れ」

言いかけた扇太郎の口を、鳥居耀蔵が封じた。

「上様へ直接末森のことを申しあげれば、その場で改易切腹の断が下りよう」

監察を任とする目付には将軍と二人だけで会うことが許されている。

「だが、そのようなまねをしてみよ。儂は大御所さまから睨まれることになる」

十二代将軍家慶と大御所家斉の仲は悪い。

将軍位を譲ってからも、幕政の実権を握って離さない家斉へ、家慶が反発したからであった。当然、家慶に近い老中たちと家斉の寵臣である水野美濃守、林肥後守らも仇敵《きゅうてき》の如《ごと》く睨み合っている。そんなところへ、家斉の評判を落とす事柄を投げこめば、どうなるかは火を見るより明らかである。なんとか均衡を保っている家慶と家斉の力関係が崩れ、幕政の天秤《てんびん》が大きく動きかねなかった。

いかに目付とはいえ、二千五百石では、その荒波に抗するだけの力はなく、あっけなく流されて潰されてしまう。

「まちがうな。儂は死を恐れているのではないぞ。儂は今の幕府を支えるためならば、命など惜しくない。だが、ここは死にどころでない」

鳥居耀蔵が言いわけをした。

「はあ」

扇太郎は生返事をした。

「では、どういたせば」

「考えろ。それがきさまの役目であろう」

質問する扇太郎を、鳥居耀蔵が怒鳴りつけた。

「用件はそれだけだな。では、帰れ」

さっさと鳥居耀蔵は、客間から去っていった。

「邪魔をしたな」

顔見知りの門番へ挨拶をして、扇太郎は鳥居屋敷を出た。

「夜逃げした奴の行方をどうやって捜すというのだ」

ぼやきながら扇太郎は、深川安宅町へと足を向けた。

「遅くなった」

「お帰りなさいませ」

玄関から声をかけた扇太郎を、朱鷺が出迎えた。

「…………」

無言で太刀を朱鷺へ渡し、扇太郎は居室へ入った。

「夕餉の用意をすぐに」

太刀を床の間に立てかけて、朱鷺が台所へと下がった。

「お待たせをいたしました」

待つほどもなく、膳を持って朱鷺が戻ってきた。

「今日は、しじみ汁か」

八十俵の御家人の夕餉は質素である。朝炊いた飯の残りと、汁、漬けものが定番であり、干した鰯《いわし》でもあれば、ご馳走であった。

「いただこう」

扇太郎は冷や飯にしじみ汁を掛けた。

「うまいな」

しじみの濃い味に、扇太郎は頬を緩めた。

「代わりを」

たちまち茶碗を空にした扇太郎は、お代わりを要求した。

「はい」

朱鷺が茶碗を受け取った。

一日出歩いていた扇太郎は、五膳食して、ようやく箸を置いた。

「うまかった」

「白湯を」

膳を片付けて、朱鷺が湯飲みを差し出した。

「朱鷺。少し訊きたいことがあるゆえ、食事をすませてから、もう一度ここへ来てくれ」

「わかった」

すっと朱鷺が立ちあがった。

待つほどもなく、朱鷺が戻ってきた。

手にしていた湯飲みを、扇太郎は置いた。

「言いにくければ、答えてくれなくともいいが……」

「かまわない」

朱鷺が座った。

「そなたの家も、借財を抱えていたな」

「…………」

無言で朱鷺が先を促した。

「どのくらいの金額だったか、知っているか」

「すべては知らない。でも、二百両はこえていたと思う」

感情をなくした声で朱鷺が答えた。

朱鷺は百八十石取りの旗本の娘であった。身に添わぬ立身を望んだ父親が作った借財の形《かた》として岡場所へ売られた。

「二百両か……」

扇太郎は腕を組んだ。

「借金ができるまで、暮らしはどうであった」

「豊かではなかったけれど、苦労はしていなかった」

淡々と朱鷺が述べた。

百石六人泣き暮らしと言われていた。百石取りの武士で家族が六人いれば、生活は苦しいとの意味である。

「家族は弟だけだったか」

「……そう」

確認する扇太郎へ、初めて朱鷺が嫌な顔をした。

岡場所へ売られた朱鷺には、家族に対する恨みがあった。

当然であった。旗本の娘として、相応の家へ嫁に行き、子を産み、育て、老いていくという平穏を、朱鷺は父によって奪われた。対して、嫡男である弟は、昌平黌《しょうへいこう》へ通い、剣術の修業もし、旗本としての素養を身につけていく。

岡場所で初めて会う男に身体を開き、日に何度も違う客と寝なければならなかったのだ。女としてのなによりも耐え難い日々は、朱鷺の心をすり潰していった。

男と女の差があったとしても、理不尽な思いを抱くのは無理のないことであった。

「四人家族ならば、百八十石でも贅沢《ぜいたく》さえせねばやっていける」

「………」

朱鷺の表情がふたたび消えた。

「どこから借りていたかは知っているか」

「わたしを連れに来たのは、札差の相模屋嘉兵衛《さがみやかへえ》だった」

「札差か。まだ、まともだな」

旗本や御家人へ給される禄米を金に換えるのが札差である。浅草の御米蔵前に積みあげられた米俵へ名前の書かれた札を突き刺して、他と区別したことから、札差と呼ばれるようになった。

「でも、札差が取り立てに来るというのは、最後ということ」

冷たく朱鷺が言った。

「ふうむ」

扇太郎は唸った。

札差は金を貸す代わりに、来年の禄米を担保に取る。旗本にしても御家人にしても、役に就こうが就くまいが、家禄は毎年もらえるのだ。領地を持たない禄米取りの場合は、給米切手というものが与えられ、それに基づいて浅草御米蔵が支給する。この給米切手を札差は抑えるのだ。これがなければ、一粒の米ももらえない。逆に言えば、切手さえあれば、誰が持って行っても、詮索されずに決められただけの米が出た。札差にとって給米切手を手にしている限り、旗本や御家人に金を貸しても取りはぐれる心配はなかった。

朱鷺の実家も、給米切手を差し出して、代わりに金を借りた。

しかし、朱鷺の実家は札差の強硬な取り立てを受けた。それは、札差以外から金を借りたことが、ばれたからである。それもかなりの金額でなければ、札差が利子という儲けを与え続けてくれる旗本の身ぐるみを剝《は》ぐようなまねはしない。朱鷺の実家は、借金の清算をしないと潰れる寸前だったと考えるべきであった。

「たちの悪いところから借りていたか。今回と同じだな」

「…………」

朱鷺が沈黙した。

「家は無事に続いているのだろう」

「知らない」

興味さえないと朱鷺は首を振った。

「わたしは売られるときに、家の籍から抜かれた。もう、なんのかかわりもない」

娘が岡場所で春をひさいでいるなどと知られれば、まちがいなく家はお取り潰しになる。

武家が娘を岡場所へ売り払うとき、養女縁組みの形を取るのは、実家から籍を抜き、影響を受けないようにするためであった。

正確に言うならば、朱鷺は未《いま》だに音羽《おとわ》桜木町《さくらぎ》の遊女屋尾張屋の娘であった。もっとも尾張屋は潰れ、主は殺されているが、人別《にんべつ》はそのまま残されている。

「もし、娘を売らず、家を捨てて夜逃げするとなったら、頼る先はどこになる」

「頼る先……逃げ場所……まずない」

朱鷺が断言した。

「親戚筋は無理か。借金で夜逃げするなど、不名誉も甚だしい。下手にかばい立てすれば、屋敷へ借金取りが来て騒動になりかねない。巻きこまれては、家に傷が付く」

よほどの大身ならば、もめ事になることを恐れて、肩代わりすることもあるが、滅多になかった。

「知行所持ちならば、領地へ逃げこむという手もあるか」

領民と主の間は、強固であることが多い。累代の領主ともなれば、百姓たちが借金の肩代わりをすることまである。

「禄米取りには無理」

朱鷺が首を振った。

「借金でどうしようもなくなるほどだ。伝来の家宝も売り払っているだろう。持ち金はそれほどないはず。となればそう長く隠れて生活することはできぬか」

逃亡というのは金がかかる。宿屋などに泊まれば、あっという間に持ち金は尽きる。かといって、場末の長屋でも身元のわからない者へは、貸してはくれない。

「となると……」

「譜代の家臣や、隠居した家臣の実家へ義理を押しつけて、匿《かくま》ってもらうしかない。あるいは、借金の取り立てを一人で企んでいる金貸しと組んで隠れているか」

やはり貧しいとはいえ、御家人の嫡男、当主としてさしたる苦労もなく生きてきた扇太郎より、岡場所で日に何人もの男の相手をしてきた朱鷺では、闇を知っている度合いが違った。

「金貸しと組む……」

扇太郎は首をかしげた。

「そう。借金が膨大になれば、返すことなどできなくなる。でも、そのなかの一軒だけなら、持っている財物などでどうにかできるとき、他の金貸しから匿ってもらう代わりに、借金を清算する」

「他を出し抜いて、己だけ損を取り戻そうということか」

「…………」

朱鷺がうなずいた。

「しかし、それを探すのは無理だな」

「ええ。鵜《う》の目鷹《たか》の目で探す同業者から隠すのだから、そう簡単には見つけられない」

「くわしいな」

「尾張屋にもいたから」

淡々と朱鷺が言った。

「教えてくれ」

女にとって嫌な思い出だとわかっていたが、扇太郎は頼んだ。

「……女を隠すならば、遊郭がもっともいい。客を取らない遊女がいたところで、気づくのは、主と男衆と同僚の妓だけ。どれも世間とはかかわりを断っているから、外へ漏れることはない。もし漏らせば、妓は折檻《せっかん》のうえ江戸から売り払われ、男衆は殺される」

朱鷺が告げた。

「なるほどな」

「男衆として紛れているのもいた」

納得した扇太郎へ、朱鷺が付け加えた。

「となると吉原は、もっと確実か」

「おそらく」

朱鷺が同意した。

幕府唯一の公認遊郭である吉原は、苦界《くがい》として俗世から隔絶している。吉原の住人となった者は、人別を失い、人として扱われなくなる。代わりに、俗世すべてのしがらみを捨てることができた。

「西田屋甚右衛門《じんえもん》に会うか」

「今から……」

呟いた扇太郎へ、さみしそうに朱鷺が問うた。ことにかまけて、三日ほど朱鷺を抱いていなかった。

「今夜はもう出ぬ」

扇太郎は、朱鷺の手を引いた。

三

深川から吉原へ行くには、両国橋を渡り、浅草寺境内を抜けて、浅草田圃《たんぼ》のあぜ道を通るのがもっとも早い。ただ、裏から回る形になるので、お歯黒どぶを半周しなければならなかった。

「臭いな」

扇太郎はどぶから出る臭気に眉をひそめた。

お歯黒とは、主に公家や既婚の女性《にょしょう》がおこなう習慣であった。酢水に古釘と五倍子《ふし》の粉《こ》という木の樹液を乾燥させたものを混ぜて造った鉄漿《かね》を歯に塗る。黒々とした液からは、かなりの悪臭が漂うが、鉄漿には口の病を防ぐ効能があると信じられており、一人前の遊女となった証《あかし》としても使われていた。

その使い終わった鉄漿を遊女たちは、吉原周囲の堀へ捨てた。

「これは、榊さま」

大門《おおもん》を潜った扇太郎に、吉原会所の忘八《ぼうはち》が気づいた。

「登楼《あが》られやすので」

忘八が問うた。

「いや、西田屋甚右衛門に会いに来たのだが」

「惣名主《そうなぬし》さまにでござんすか。承知しやした。先触れを勤めやしょう」

引き受けた忘八が駆けていった。

徳川家康《とくがわいえやす》から直接御免色里の許しを得た庄司甚内《しょうじじんない》の子孫である西田屋甚右衛門は、吉原いっさいの取り仕切りをおこなう惣名主を代々継承していた。

吉原の中心を貫く仲之町通りを右に折れた二軒目が、西田屋である。忘八より少し遅れて扇太郎は、西田屋の前へ立った。

「ようこそのお見えで」

見世《みせ》の前で、西田屋の忘八が待っていた。

「主、奥でお待ち申しあげております る。どうぞ」

西田屋の忘八に案内されて、扇太郎は西田屋甚右衛門の居室へと通された。

「忙しいときにすまぬな」

「とんでもございませぬ。榊さまのご来訪とあれば、いつでも」

西田屋甚右衛門が首を振った。

「佐助、酒の用意をな。誰か、用意のできた妓《おんな》はいるかい」

案内してきた忘八へ、西田屋甚右衛門が訊いた。

「鈴音《すずね》さんが、さきほど湯屋から戻って参りましたが」

「ああ。鈴音ならば、いいだろう。呼んでおくれな」

西田屋甚右衛門が、命じた。

「かまってくれるな」

扇太郎は遠慮した。

「吉原に来て、妓も見ずに帰られては、御免色里の名折れでございまする」

笑いながら西田屋甚右衛門が遠慮するなと言った。

「さて、お話を伺いましょうか。妓の身支度にはときがかかると決まっておりますれば。野暮な用件は先に」

「そうしてもらうと助かる」

西田屋甚右衛門の気遣いに、扇太郎は感謝した。

「少し訊きたいことがあってな……」

扇太郎は事情を語った。

「なるほど。お旗本の夜逃げでございまするか。それは珍しいことで」

聞いた西田屋甚右衛門が、目を見張った。

「耳にしたことはあるか」

「借金で逃げたというのは、ございませぬ」

「以外ならあると」

西田屋甚右衛門の言葉に含まれているものを、扇太郎は逃さなかった。

「……ございますな。刃傷沙汰《にんじょうざた》を起こして逃げてきた者、侍暮らしに嫌気が差して脱してきた者など、この吉原には掃いて捨てるほどおりまする。ちょっとお待ちを。おい、佐助」

手を叩《たた》いて西田屋甚右衛門が、忘八を呼んだ。

「御用で」

すぐに障子が開いて佐助が顔を出した。

「次郎と安左《やすざ》をここへ」

「へい」

佐助が一礼して去っていった。

「お呼びだそうで」

「…………」

待つほどもなく、二人の忘八が来た。

「御法度と知って訊くことになる。おまえさんたちが侍を辞めて吉原へ来ることになった事情を榊さまへお話ししておくれ。もちろん、嫌ならかまわないからね」

西田屋甚右衛門が話した。

「榊だ。西田屋から、説明していただいたとおりだ。すまぬが、教えてくれぬか。もちろん、名前や藩名などは言わなくてけっこうだ」

扇太郎は二人に向かって軽く頭を下げた。

「人から外れたあっしらの過去なんぞ聞いてやろうとは、酔狂な旦那でござんすね」

若い忘八が口を開いた。

「あっしはかまいやせん」

「次郎はいいのだね。安左はどうだい」

「人を殺して、逃げだし、疲れ果ててここへ流れてきた。それだけでござんす。では、仕事がありやすので」

安左が、言うだけ言って去っていった。

「申しわけございませぬ」

代わりに西田屋甚右衛門が詫びた。

「いやいや。詫びるのはこちらだ。嫌なことを思い出させてしまった。あとで謝っておいてくれ」

扇太郎も頭を下げた。

「お気遣いありがとうございまする。では、次郎だけでも。お話をしなさい」

残っていた次郎に西田屋甚右衛門が声をかけた。

「へい。あっしの場合もさしておもしろくはございやせんがね。東国の譜代小藩で、代々鉄炮組頭をやっている家柄の長男でござんした。生まれついての性に合ったのか、鉄炮を扱うのが好きで、腕前もよろしかったと思っておくんなさい。十八歳のことでござんす。あっしに縁談が起こりやした。相手は格上の家柄の中老《ちゅうろう》の長女、二歳年上で藩中でも知れた美形で、あっしは跳《と》びあがるほど喜びやした。いざ祝言《しゅうげん》となって、初めて抱いてみると、おぼこじゃねえ。上士の娘が、生娘《きむすめ》じゃないなどどうもおかしいと思っていれば、あっしが当番の日に限って、妻が実家へ帰ることに気づきやして……」

「男か」

「さようで」

西田屋甚右衛門の一言に、次郎がうなずいた。

「相手は家老の馬鹿息子あたりか」

今度は扇太郎が口を挟んだ。

「だったらよろしかったんでございますがね」

口の端をゆがめて、次郎が苦笑した。

「お相手は藩主侯だったんでございますよ」

「藩主……だったら、なにも嫁に出さずとも、側室にすればすむ話だろう」

大きく西田屋甚右衛門が首をかしげた。

「……藩主侯は婿養子で。その上、正室である姫との間に男子が二人」

「それはまずいな」

扇太郎は理解した。

「妾《めかけ》に子でもできれば、お家騒動のもと」

「そんな理由なら、まだ我慢もできやした」

「違うのか」

次郎の言葉に、扇太郎は驚いた。

「あっしの嫁でございまする。表向きとはいえ、あっしが抱くじゃござんせんか。もし、嫁が孕《はら》んだとして、どっちの子かわからないことになりやせんか。ひょっとしたら、あっしの血を引いた子かも知れないものを、藩主侯の落とし胤《だね》とするわけにはいきませんでしょう。ご正室の目が届かないところでただ殿さまが楽しむため、あっしへ押しつけた」

「よく娘と親が承知したな」

西田屋甚右衛門があきれた。

「実家の出世が約束されていたのだろうな。戦のない今、侍の出世は、よほどのことでもなければ、あり得ぬからの」

扇太郎は告げた。

「そのとおりで。まあ、あっしもからくりを知ったまま、黙っていれば、そこそこの思いはできたのでございましょうがね……」

淡々と次郎が語った。

「今ならば、もっとうまく立ち回ったんでやすがね。若かったというのか、侍の意地という屁《へ》の突っ張りにもならないものに固執していたというのか……かっとなってしまいやしてね。当番を抜けて、妻の実家へ忍び、嫁を抱いたあとだらしなくたれている藩主侯のものを鉄炮で吹き飛ばしてしまったんで」

「ものだけをかい」

「へい」

確認する西田屋甚右衛門に、次郎が答えた。

「それはまた、なんと申せばいいのか」

反応に扇太郎は困った。

「よく捕まらなかったねえ」

「そりゃあ、藩主侯としては、表沙汰にできないことでござんすからねえ。追っ手をかけるにも、ご正室の目にとまらないよう密《ひそ》かにやらなきゃいけやせん。手配が遅れ、咎められることなく、あっしは国元を離れやした」

次郎が述べた。

「もっとも藩内に匿ってくれるところなんぞございません。親戚にはすぐに手が回りやす。友人も同じで。また、馴染みの店とか菩提寺《ぼだいじ》なども、狭い藩のなかでござんす。知れ渡っておりましょう。生きるには、少しでも早く、国境《くにざかい》をこえるしかございやせん」

「それはそうだな」

扇太郎が納得した。

「追っ手は来なかったのかい」

西田屋甚右衛門が尋ねた。

「来やしたよ。街道筋で二度、江戸に出てきて四度、襲われやしたが、いかに剣術のできる侍でも、鉄炮にゃかないやせん。近づく前にずどんで、終わりでござんす」

鉄炮を構えるような振りで次郎が説明した。

「それで、どうして吉原へ」

「玉薬《たまぐすり》がなくなったんで。玉は作れるのでございますがねえ、玉薬の材料は手に入りやせん。鉄炮が遣えなければ、あっしなんぞ田圃のかかし。剣術はからっきしなんで」

笑いながら次郎が、おどけて見せた。

「吉原に入ってしまえば、いかに上意討ちといえども、手出しはできやせんから」

「ご苦労だったねえ」

　次郎を西田屋甚右衛門がねぎらった。

「では、あっしはこれで」

「これで酒でも飲んでくれ」

　出て行こうとする次郎に、扇太郎は二朱銀を握らせた。

「こんな……」

「もらっておきなさい」

　戸惑《とまど》う次郎へ、西田屋甚右衛門がうなずいた。

「ありがたく」

　二朱銀を押しいただいて、次郎が去っていった。

「お役に立てましたか」

「ああ」

　扇太郎は首肯した。

「西田屋、一つ訊きたい」

「なんでございましょう」

　二人きりになったところで、扇太郎は西田屋甚右衛門へ顔を向けた。

「金貸し同士というのは、互いのことを知っているのだろうか」

「客にいくら融通しているか、どの客に貸しているかということでございましょうか」

「そうだ」

「知らぬはずはございますまい」

あっさりと西田屋甚右衛門が告げた。

「町奉行所の同心は、違うと言っていたが」

末森家の借財を聞き出すのに、さんざん恩着せがましいことを言われた扇太郎は、驚いた。

「そう言わねば、客など来ませぬから。お考えくださいませ。相手が返せるかどうか、わからないまま、命より大切な金を貸すようなまねなどできますまい」

「それはそうだが、どうやって調べるのだ。質問したところで、借りる奴が正直に話すとは思えぬぞ」

扇太郎は首をかしげた。

「株仲間《かぶなかま》でございますよ」

「……株仲間か」

株仲間とは同業種の集まりである。幕府から正式に認められた札差などの株仲間から、私的に作られたものまである。

「仲間内で客の借金の嵩《かさ》を教え合っているので。当然、外へ漏らすことはいたしませぬ」

「吉原のようなものか」

「はい」

西田屋甚右衛門が首を縦に振った。

吉原は大門で世間と区切られている。廓内《くるわうち》のことは、なかで処理し、決して外へ出さない。吉原のなかで、人殺しがあっても、内々に処理し、町奉行所は口出しをしない慣例となっていた。

「一人でうまい汁を吸おうなどとすれば……」

「株仲間を外されますな。後々のことを鑑《かんが》みますと、どう考えても、一人の客から取る儲けより、そちらの損が大きい」

「だな。となれば、末森一家を匿っているのは、株仲間に入っていない金貸しというのが妥当か」

「おそらくは」

「助かった」

一礼して扇太郎は腰をあげようとした。

「ご冗談を。今、膳が参りまする。このままお帰りになられたとあっては、吉原の名折れ」

ほほえみながら西田屋甚右衛門が、合図をした。

「お邪魔いたすでありんすえ」

鈴音が、扇太郎の隣に座った。

「まあ、初会ということで、お酌だけでございまするが、西田屋の格子《こうし》女郎の鈴音でございまする。お見知りおきを」

「鈴音でありんす。今後ともよしなに願うでありんす」

科《しな》をつくって酒器を持ちあげながら、鈴音が名乗った。

「榊扇太郎だ」

盃を差し出して扇太郎も応えた。

「西田屋」

扇太郎が西田屋甚右衛門を睨んだ。

「お気づきでございますか。さすがは榊さま」

少しも悪びれず、西田屋甚右衛門が感心して見せた。

「身についた所作は、なかなか消えぬ。鈴音、そなた武家の出だな」

「あい」

鈴音が認めた。

「借金の形か」

「でありんす。親の作った借金で、吉原へ売られやんした」

表情をなくして、鈴音が言った。

「札差か」

「違うでありんす。札差の借金は給米切手で相殺されていたでありんす」

鈴音が首を振った。

「札差ではないか。いつここへ来た」

「一年ほど前でござんすえ」

「西田屋」

答えを聞いた扇太郎は、西田屋甚右衛門へ、声をかけた。

「ここ一年ほど、吉原へ身売りするお旗本の娘さんが、増えたのはたしかで」

西田屋甚右衛門が述べた。

「本来、苦界へ落ちてくるはずのない娘が、吉原へ身売りする。わたくしどもも商売でございますので、娘を売ると言われて、折り合いがつけば、買わせていただきまする。ですが、吉原は神君家康公によって認められた唯一の御免色里。そこが、徳川の御家人の娘たちを遊女とし、庶民たちの慰み者としているのは、ちと……」

「拙者の調べている話とつながっているというか」

扇太郎は問うた。

「わかりませぬ。ですが、このようなことが続きますと、いつお咎めが来るか」

「咎め……」

「吉原といえども、人の身を売り買いするのは御法度でございまする。なればこそ、事実はそうであっても、年季奉公の形を取っておりまする」

憂えた顔で西田屋甚右衛門が話した。

二代将軍秀忠が出した人身売買禁止の法は、形骸となっている。ただ、それは御上の目こぼしでしかなく、違法であることはたしかであった。

「お旗本衆の娘を年季奉公というのは、世間が通りませぬ」

武士は庶民の上に立つのだ。その娘が、四民の枠外である遊女屋で奉公するなど、あり得る話ではなかった。

「それを避けるため、お旗本の娘を吉原で買うときは、年季奉公ではなく養女の約束となるのでございますが……」

「養女の数が増えすぎるのは、問題だな」

言いたいことを扇太郎は察した。西田屋甚右衛門に養女が何人もいるというのは、どう考えてもおかしい。

「はい」

強く西田屋甚右衛門が同意した。

「吉原への静かな攻撃だと西田屋は考えているのだな」

「ご明察でございますな。鈴音、もういいよ」

手持ち無沙汰に、簪《かんざし》をいじっている鈴音へ西田屋甚右衛門が許した。

「あい。ごめんなんして」

鈴音がそそくさと出て行った。

「御免色里を狙っている連中が、旗本を罠にはめて金を貸し、娘を吉原へ売り払わせるように仕向けていると」

「おそらく」

西田屋甚右衛門が認めた。

扇太郎にも事情は読めた。

幕府にとって、身分というのはなにより守らなければならないものであった。

しかし、現実は、御家人身分の売り買いというのもおこなわれている。もっとも、これは目こぼしでしかなく、あまり派手にやった者は、しっかり罪に落とされている。身分を売った者、買った者、ともに死罪を言い渡された例もある。

当然、旗本の娘を遊女にするなど論外であった。ただ、昨今、旗本たちの生活が困窮しているのを知りながら、放置している幕府は、見て見ぬ振りをしているだけなのだ。だが、なにかの拍子に表に出ると、見過ごすわけにはいかなくなる。旗本の娘が遊郭で、町人たちに春をひさいでいるなど、身分制度を根本から破壊しかねない。

「見世ごとに一人二人ならば、ごまかしようもございましょうが……」

「五人十人となると、見世に揚がった旗本が、旧知の娘を買いかねない」

「さようでございまする」

力なく西田屋甚右衛門が、うなずいた。

「当然、買った旗本は、その娘のことを吹聴する。噂はいずれ目付の耳に入り、娘を売った家が調べられる。そして吉原へ、目付の手が及ぶ」

嘆息しながら、扇太郎は述べた。

「それを止めるものが、吉原にはもうございませぬ」

西田屋甚右衛門が、肩を落とした。

家康から庄司甚右衛門へ渡された公認遊郭建設を許した御免状は、御三家水戸徳川家二代光圀《みつくに》によって詐取され、失われていた。

「御免状があれば、目付など追い返せるが……」

「調べを拒否するといえば、御免状を出さねば通りませぬ。そして、吉原から御免状が失われていると知られれば……」

「吉原は潰されるな」

扇太郎は断言した。

「榊さま」

じっと西田屋甚右衛門が、扇太郎を見た。

吉原の権は強い。客として大名、旗本、豪商がかよってくる。幕府の老中と話をすることも無理ではない。しかし、御免状のことを明らかにするわけにはいかないのだ。事情のすべてを知っている扇太郎に、西田屋甚右衛門がすがるのもしかたのないことであった。

「手伝おう。御免状のことも、かかわりがないわけではないしな。いろいろ手伝ってもらった恩もある」

「お願い申しあげまする」

西田屋甚右衛門が、深く頭を下げた。

「手を伸ばしてきている奴に心当たりは」

「ありすぎまする」

苦い顔を西田屋甚右衛門が見せた。

「一つ頼みがある。ここ一年で吉原へ売られてきた旗本御家人の娘の売り手を教えてくれ」

「女衒《ぜげん》でございますな。よろしゅうございまする。数日以内に、お屋敷へ届けさせまする」

扇太郎の依頼に、西田屋甚右衛門が首肯した。

「ではな」

酒を口にすることなく、扇太郎は吉原を後にした。

四

吉原は扇太郎にとって大きな武器であった。なにせ、江戸の噂のほとんどが集まるのである。

男というのは、一度でも情を交わした女に甘い。閨《ねや》ごとを終えた後などとくに口が軽くなり、どのような秘密でも話してしまう。

これは、吉原という隔離された場所というのも影響していた。どのような秘事を語ったところで、妓は吉原から外へ出られないのだ。言ってはいけない秘密ほど、誰かに語りたいという矛盾した葛藤を、ぶつける相手として、吉原の遊女こそ最適であった。

だが、睦言《むつごと》で語られた話は、翌朝、忘八を通じて見世の主へ伝えられ、そこから惣名主である西田屋甚右衛門に渡される。

それを扇太郎は、聞けるのである。その価値は、町奉行所同心が使う岡っ引十人分を軽くこえた。

だけに、吉原の依頼は無下《むげ》にしてはならなかった。

ただし、鳥居耀蔵には相談できなかった。そのようなまねをすれば、たちまち吉原は、扇太郎の手から奪われ、鳥居耀蔵のものとなってしまう。

また、縄張りの内にありながら独立している吉原を我がものとしたがっている天満屋孝吉に話すのも論外であった。

日に千両という莫大な金を稼ぐ吉原である。傘下に入れることができれば、上納金はとてつもない額になる。売り上げの五分を上納させただけで、年に一万八千両となる。その財力は、五万石の大名に匹敵した。あらたに配下を増やすこともできるし、町奉行所を鼻薬で操ることも簡単である。それこそ、江戸中の顔役をまとめあげ、その親分となるのも夢ではない。

「あの金貸し坊主から、もう一度話を訊くか」

扇太郎は、往路とは逆、日本堤《にほんづつみ》を大川へと向かって進んだ。

死んだ遊女や忘八の死体が投げ込まれることで有名な道哲庵《どうてつあん》を過ぎて、右へ曲がって大川沿いを下れば、浅草はすぐである。

「たしか、このあたりだったはずだが……」

扇太郎は、浅草から両国橋へいたる間で、足を止めた。

「ちとものを尋ねたい」

歩いている職人風の男を、扇太郎は呼び止めた。

「なんでございましょう」

「択善という僧侶の家を探しておるのだが、知ってはおらぬか」

「金貸し坊主の択善でございますか」

職人風の男が頬をゆがめた。

「止めておかれたほうがよろしゅうござんすよ。お武家さまなら、札差とか両替屋からお借りになるのが」

真顔で職人風の男が諭した。

「金を借りるわけではない」

苦笑しながら扇太郎は手を振った。

「御用の筋で、少し訊きたいことがあるだけぞ」

「……お役人さまで」

職人風の男が、ほっと息を吐《つ》いた。

「坊主のねぐらなら、あの米屋の角を入った二軒目で。古い二階屋で、表に小さな看板が出ていやす」

「看板……金貸しのか」

「まさか。表向き択善は坊主でござんすよ。看板は、加持祈禱《かじきとう》、病怨霊退散って奴で」

笑いながら職人風の男が教えた。

「択善の評判はよろしくなさそうだな」

扇太郎は問うた。

「悪いってなもんじゃございませんよ」

職人風の男が吐き捨てた。

「見た目はおとなしそうでやすがね、取り立てのきつさは、並じゃございませんよ。病人の布団を剝ぐなんぞかわいいほうで。あいつの手で岡場所へ沈められた娘は、両手じゃたりませんよ」

「ふむ」

相槌を打つだけで扇太郎は、先を促した。

「気に入った他人の嫁を借金の形に取りあげて、妾にしてもいやすしね。他にも……」

「わかった。足を止めて悪かったな」

まだ言いたりなそうな職人風の男を制して、扇太郎は、択善の家を目指した。

「善根で貸すわけじゃない。金貸しは利を得ることで生きている。大工が家を建てて日当をもらうのと変わることはない。貸した金を返してもらわなければ、己が生きていけない。皆わかっているのだ。金を借りに行ったとき、返せなければどうなるか。理解はしていてもいざそうなったら、納得はできぬ。それが人というものだ」

闕所物奉行も、他人の財物を剝がすのが仕事である。扇太郎は独りごちながら、己も恨みを買っていることをあらためて思い知った。

「ここか。たしかに加持祈禱と書いてあるな」

小さく笑いながら、扇太郎は格子戸に手をかけた。

「ごめん」

「はい」

訪《おとな》いに応えたのは、二十歳ほどの美しい女であった。

「択善どのはおられるか。榊扇太郎が来たとお伝え願いたい」

この女かと思いながら、扇太郎はていねいに尋ねた。

「榊さま……少しお待ちを」

女が奥へと消え、代わりに択善が出てきた。

「お奉行さま、末森さまの居場所がわかったので」

「そうではない。訊きたいことがあって来たのだ」

喜色を浮かべた択善へ、扇太郎は首を振った。

「……そうでございまするか」

露骨に択善が落胆した。

「このようなところで、お話とも参りますまい。どうぞ、おあがりくださいませ」

気を取り直した択善が勧めた。

「そうさせてもらおう」

扇太郎はうなずいた。

「どうぞ」

女が茶を出した。

「すまぬ」

礼を述べて、扇太郎は茶を含んだ。

「お奉行さま、お聞きになりたいこととはなんでございましょう」

さっそく択善が訊いた。

「末森が他に誰から金を借りているか知っているか」

「……それが末森さまの行方とどうかかわりますので」

択善が扇太郎をうかがうような目で見た。

「そのうちの誰かが、末森を匿っているかも知れぬ」

「……一人占めする気か」

「心当たりがありそうだな」

「あっ……」

うかつなことを言ったと択善が黙った。

「今思い浮かんだのは誰だ」

「…………」

択善が口をつぐんだ。

「そうか。話す気はないか」

扇太郎はあっさりと立った。

「どうやら、思いあたる相手があるようだ。末森を探してくれという、天満屋から頼まれたことは果たしたぞ」

「あ、えっ」

あっさりと背を向けた扇太郎に、択善がみょうな声をあげた。

「馳走であった」

顔を出した女に、扇太郎は挨拶を残して、択善の家を出た。

扇太郎は苦い顔をしていた。

「意に染まぬ相手の側で尽くすというのは、女にとって苦痛よな」

歩きながら、扇太郎は天を仰いだ。

「朱鷺もそうであったのだろうなあ」

今の朱鷺が、扇太郎を憎いと思っていないことくらいは、わかっている。嫌いな男の腕のなかで、朝まで眠れる女などいない。

「子を産めか」

大きく扇太郎は嘆息した。

なにかあれば死にたがる朱鷺を止めるため、こう言って扇太郎は強引に朱鷺を抱いた。残念ながら懐妊することはなかったが、朱鷺の自暴自棄な行動は目に見えてなくなった。

「おっと行き過ぎるところであった」

もの思いにふけっていた扇太郎は、天満屋の前で足を止めた。

「いるか」

「へい。奥に」

番頭も慣れてきたのか、客をあしらいながら、天満屋孝吉の居場所を答えた。

「わかった」

扇太郎も勝手に奥へと入った。

「お奉行さま、どうかなさいやしたか」

珍しく居間でくつろいでいた天満屋孝吉が、急いで立ちあがった。

「面倒だ。座を移るのは止めてくれ」

一々上座を譲られるのは気兼ねだと、扇太郎はさっさと腰を下ろした。

「茶も酒も要らぬ。先ほどから飲まされてばかりだからな」

手を叩いて配下を呼ぼうとした天満屋孝吉へ、扇太郎は首を振った。

「愛想なしでございますが」

天満屋孝吉が座り直した。

「男二人に愛想は要るまい」

扇太郎は苦笑した。

「たしかにそのとおりで」

小さく天満屋孝吉も笑った。

「択善の依頼だがな」

「夜逃げした旗本のことでございますな」

用件に入った扇太郎に合わせ、天満屋孝吉の表情が締まった。

「断ってきた」

「どういうことで」

天満屋孝吉の目つきが変わった。

浅草の顔役である天満屋孝吉が、間に入って依頼したのだ。意味もなく断られたのでは、天満屋孝吉の顔が潰れる。

「択善が隠しごとをした」

「それは」

天満屋孝吉の目つきがさらに厳しくなった。

「さきほどな……」

吉原のことは隠して、扇太郎は経緯を告げた。

「あの坊主め、己の手で奪い返す気になりやがったな」

すぐに天満屋孝吉が読んだ。

「おそらくな」

扇太郎は首肯した。

「おい、誰か」

天満屋孝吉が手を叩いた。

「お呼びで」

仁吉が顔を出した。

「択善の野郎に人をつけなさい。決して行く先を見失わないように。何人使ってもいいからね」

「へい」

仁吉がうなずいた。

「手間をかけるな」

「いえいえ。お奉行さまに択善をお引き合わせしたのは、わたくしでございますからな。

その責《せき》は負わなければなりません。ご迷惑をおかけいたしまして」

礼を述べる扇太郎へ、天満屋孝吉が頭を下げた。

「互いが謝っていれば、世話ないな」

「はい」

二人が顔を合わせて笑った。

「ところで、天満屋。一つ訊きたいのだが」

「なんでございましょう」

天満屋孝吉が首をかしげた。

「浅草の縄張りに岡場所はいくつある」

「……三つで」

警戒した声で天満屋孝吉が告げた。

「最近、旗本の娘が売られて来ていないか」

「さすがに、そこまでは目を届かせておりませぬ。ご要り用で」

「頼みたい」

「しばらくお待ちを。誰か、嘉兵衛を呼んでおくれ」

天満屋孝吉が大声を出した。

「最近、朱鷺さまのご機嫌はよろしいようで」

指示の後、天満屋孝吉が話しかけてきた。

「闇まで覗くなよ」

扇太郎は釘を刺した。

朱鷺は、天満屋孝吉から扇太郎へ渡された賄賂であり、見張りであった。

旗本など特殊な例を除いて、闕所の儲けは大きい。ちょっとした商家の闕所を請け負えば、軽く数百両からの儲けが出るのだ。闕所の見積もりを誰にさせるかは、闕所物奉行の専管である。闕所物奉行である扇太郎を握っている限り、天満屋孝吉は金のなる木を持っているに等しい。

その木を他人に奪われては意味がない。闕所の競売に参加する資格を持っている者は、多いのだ。そのうちの誰かに扇太郎がなびけば、天満屋孝吉は困る。それを防ぐために、天満屋孝吉は女を、朱鷺を扇太郎に押しつけたのであった。

「まさか」

笑いながら、天満屋孝吉が首を振った。

「女をあまり弄ぶな。朱鷺は、来たくて拙者のもとへ来たわけではない」

「……気をつけましょう」

重くなった扇太郎の言葉に、天満屋孝吉が同意した。

「なんでございましょう」

そこへ中年の男が声をかけてきた。

「ああ。嘉兵衛。ご苦労だね。ちょっと訊きたいのだけれど、最近旗本の娘さんを買ったかい」

天満屋孝吉が問うた。

「お旗本の娘御でございますか……」

一瞬、嘉兵衛が考えた。

「最近はございませぬ。諸藩の藩士の娘御とか、浪人の娘ならば、幾人か求めましたが」

「そうかい。お奉行さま、これでよろしいか」

「もう一つ。旗本の娘がいることはいるのだな」

「…………」

嘉兵衛が天満屋孝吉へ目をやった。

「お話ししていい」

「はい。現在、三つの遊郭に、お旗本の娘御だった女が四人おりまする」

許しを得て、嘉兵衛が答えた。

「それは多いのか」

扇太郎は質問を続けた。

「さようでございますなあ。遊郭の規模からいけば、多いほうだと思いまする」

嘉兵衛が述べた。

「音羽桜木町の岡場所ていどならどうなのだ」

「他所《よそ》さまの事情まではちとわかりませぬが……」

訊かれた嘉兵衛が、困惑した。

「あそこでお旗本出身だったのは、朱鷺さまだけで」

横から天満屋孝吉が言った。

「そうか。やはりそれほど少ないのか」

扇太郎は納得した。

「ずいぶん、旗本の娘御にこだわられますな」

天満屋孝吉が、気にした。

「借金で首が回らなくなった旗本が売るのは、まず家宝。続いて娘。娘を売った旗本が、次に手放すのは、なんだ」

「……家名」

「だ。となれば、末森はどうして家名を売らずに逃げたのだ」

振り出しに戻る疑問を、扇太郎は口にした。

第三章　借財の形

一

いつまでも逐電した旗本を放置しておくことはできなかった。

「人の口に戸は立てられぬと申すとおり、末森《すえのもり》がこと、城中ですでに噂となっておりますぞ。このままにしておけば、大御所さまのお名前はもとより、幕府の権威にも傷が付くことになる」

老中土井大炊頭利位《どいおおいのかみとしつら》が、大御所家斉の寵臣水野美濃守忠篤《ただあつ》を呼び出した。

「今はまだ押さえられているが、上様のお耳に入れば、即ご裁断となるぞ。そうなる前に乱心だとして、捕縛隔離を目付にさせるべきである」

「ううむ。乱心。そうせざるを得ぬのか」

苦い顔で水野美濃守が呟いた。乱心となれば、どのようなことをしても本人だけの責任で終わった。

「では、よろしいな」

土井大炊頭が、念を押した。

「なにがあっても大御所さまへ波及せぬように。でなくば、御用部屋一同、大御所さまのお怒りを受けることになりますぞ」

水野美濃守が脅しを口にした。

「余は乱心と言った。それ以上はない。あと、口の利きかたに気をつけよ。老中と御側御用取次では、身分が違う」

頬をゆがめて、土井大炊頭が不快を露《あら》わにした。

「……林肥後守どのらと対応を協議せねば」

そそくさと、水野美濃守が去っていった。

「いつまでも、西の丸の時代は続かぬ。貧すれば鈍すると言うが、そのとおりよな。大御所家斉さまの懐刀《ふところがたな》として知られた美濃守にしては、甘い。捕まえてしまえば、どうとでもなるのだ。罪を犯した旗本を調べ、裁くのは西の丸ではなく、我ら本丸役人ぞ。それに、乱心かどうかを判断する担当老中に、余が成るとは一言も申してはおらぬ。さて、目付部屋へ捕縛せよと申しつけねばな」

小さく笑いながら、土井大炊頭が踵《きびす》を返した。

かの赤穂浪士を預かったことで有名な熊本藩細川家の下屋敷、その大屋根を遠くに望む品川の高台に一軒の寺があった。廃寺ではなく、表向き住職はいるが、何年も読経さえしたこともない破戒僧で、酒と博打におぼれた結果、寺を捨ててどこかへ姿をくらませていた。

その寺に、品川を牛耳る狂い犬の一太郎が配下を連れてやって来ていた。

「いつまでこうしていればいいのだ」

本堂で末森忠左が、待ちくたびれた顔で問うた。

「借財を棒引きにしてくれると申すゆえ、従っておったが、いつまでも病気引きこもりもきかぬぞ。お役御免となってしまうではないか」

「ご安心くださいませ。ただいまからお屋敷へ戻っていただきまする」

にこやかな笑みを浮かべながら、一太郎が言った。

「おおっ。そうか。ならばすぐに病気快癒の届けを出さねばならぬな」

うれしそうに末森が述べた。

「そのようなもの入りようではございませせぬ」

一太郎が首を振った。

「そちが出しておいてくれたのか。病気療養の届け出と同じように」

末森が訊いた。

「いいえ。わたくしごときが、御上へなにかお届けものを出すなど、身分不相応でございますよ」

「なにっ」

驚愕の声を末森があげた。

「まさか、病気療養の願いも……」

「出してはおりませんなあ」

あっさりと一太郎が告げた。

「馬鹿を申すな。すべてそちがやると申したではないか」

末森が怒鳴った。

「あいにく、お旗本の家に生まれたことがございませんので、つい、失念を致しました。申しわけないことでございます」

笑いを貼り付けたまま、一太郎が軽く頭を下げた。

「な、なんということをしてくれた。ようやく手に入れた役目を……このままには捨て置かぬぞ。ええい、今はこのような輩にかかずらっているわけにはいかぬ。すぐに戻って組頭さまへ届けを出さねば。いや、奥右筆へ金を渡して、届けが出ていたことにしてもらうか。金のかかることだ。百両やそこらは包まねばなるまい。その金は、用意してもらうからな」

言い捨てて末森が、家族を連れて寺を出て行った。

「手遅れだ。いくら金を遣おうとも、死人が生き返ることはない。末森の家も、もう手の施しようはない」

一太郎が呟いた。

「小姓に逃げられた大御所さまの評判を落とすには、ことが明らかになってくれねば、意味がない。なかったことにされては困るのだ。末森、せいぜい派手に潰されてくれ」

「旦那」

付いて来ていた配下が、呼んだ。

「なんだ、他之助《たのすけ》」

「再開してよろしゅうございますか」

「旗本の娘を吉原へ落とすことかい」

「へい」

一太郎の確認に、他之助が首肯した。

「そうだねえ。末森の家が改易になれば、こっちの約束は果たしたことになる。今度は向こうが約定をおこなう番だ。もう少し数を重ねておくのがいいか。守られるだけだった旗本の娘が、いきなり顔を合わしたこともない男たちに蹂躙《じゆうりん》されるんだ。衝撃でやつれ果てるだけならいいが、あまり面相が変わってしまっては、別人でございと白《しら》を切られるかもしれないし」

少し一太郎が思案した。

「あと幾人くらい、用意できる」

「五人なら、この月以内に吉原へやれやす」

他之助が答えた。

「気づかれちゃいないだろうな」

「もちろん、そんなへまはいたしやせん。間に三人挟んでおりますれば、間違えてもこちらへ、手が伸びることはございませせぬ」

念を押す一太郎に、他之助が保証した。

「よし。じゃあ、落とせ」

「へい」

他之助が受けた。

「江戸の闇を支配するには、まず夜でこそ光る吉原を手にしなければならない。ぬかるなよ」

一太郎は、煤《すす》けた本尊へと目をやった。

「拝む者がいなくなれば、仏像はただのがらくたになる。将軍も同じ。従う者がいなくなれば、張り子の虎。江戸の金と女を支配すれば、老中といえども儂に跪《ひざまず》く。真の力は、吾《われ》にこそふさわしい」

狂気を含んだまなざしで、一太郎が宣した。


屋敷へ戻った末森を待っていたのは、徒《かち》目付による捕縛であった。

「なにをする。儂は西の丸小姓の末森忠左ぞ。徒目付ごときが無礼な」

末森は抗《あらが》った。

厳密には決まっていないが、徒目付は御家人を担当し、旗本の訴追は目付がおこなう慣例である。また、徒目付は目付の配下でもあり、旗本の捕縛などの実務も担当した。

「ご老中さまの決定により、お目付さまから命《めい》が出ておる。神妙にいたせ」

徒目付は御家人のなかで武芸に長けたものから選ばれる。なんの心得もない末森の抵抗など、あっさりと押さえつけられた。

「逃亡の怖れあるをもって、自宅ではなく、小伝馬町《こでんまちょう》牢屋敷の揚がり座敷へ止め置かれる。そなたらもおとなしくせねば、累《るい》は一門に及ぶぞ」

家族へ、徒目付が言いつけた。

「駕籠を」

縛られたままでは目立つと、末森は町駕籠で小伝馬町の牢屋敷まで運ばれた。

「はめられたのか」

牢屋敷の奥、武家僧侶など身分ある者を一時預かる揚がり座敷で、末森が力なく肩を落とした。

本来、旗本が牢屋敷に入れられることはなかった。自宅で謹慎を命じられている間に、調べがあり、辰《たつ》の口にある評定所《ひょうじょうしょ》で罪を言い渡される。

だが、末森の場合、十日近く逐電していたのが、徒《あだ》となった。旗本としては屈辱でしかない牢屋敷で、末森は目付の取り調べを待つこととなった。

その日の夕刻、末森は牢屋奉行石出帯刀《いしでたてわき》の屋敷、その一室へ連れ出された。

「目付、鳥居耀蔵である」

鳥居耀蔵が末森を待っていた。

「西の丸小姓末森忠左にございまする」

下座で末森が頭を下げた。

末森はすっかり萎縮していた。

「そのほう、大御所さまのお側近くに仕えておりながら、なにゆえ、逐電いたしました」

無駄話の一つもなく、鳥居耀蔵は尋問を始めた。

「なにかのまちがいでござる。拙者は病気療養の願いを出しましてございまする」

末森が言いわけを口にした。

「まことか」

「直接ではございませぬが、人を通じて御上へ届けを」

「人を介してだと」

鳥居耀蔵が睨みつけた。

「さ、さようでございまする。すでに、体調が崩れ、とても届けを出せる状態ではございませなんだ。それでやむを得ず、人伝てに」

「理屈は通っておるな。わかった。奥右筆部屋へ問い合わせてみよう。今宵はここまでじゃ」

首肯して鳥居耀蔵が手を振った。

「立ちませい」

控えていた徒目付が末森の両手を摑んだ。

「お目付さまに頼み申しあげる。大御所さまに、お目通りを」

末森が鳥居耀蔵へ願った。

「ならぬ。連れて行け」

冷たく言い捨てて、鳥居耀蔵が座敷を出て行った。

一日目の取り調べは、小半刻（約三十分）足らずで終わった。

翌朝、出された朝餉《あさげ》に手もつけなかった末森は、昨日と同じ部屋へ呼び出された。

「今朝ほど奥右筆部屋へ確認をしたが、そのような届け、出てはおらぬとのことぞ。どういうことか。目付に対し、嘘偽りを申し立てたとなれば、ただではすまぬぞ」

厳しく鳥居耀蔵が糾弾した。

「嘘ではございませぬ。依頼いたした者へお問い合わせをくださいませ。なにかの手違いでございまする」

必死に末森が抗弁した。

「その者とは誰だ」

「品川の廻船《かいせん》問屋紀州屋一太郎と申す者でございまする」

末森が述べた。

「存じおるか」

鳥居耀蔵が徒目付たちへ問うた。

「品川の顔役を務める者かと」

一人の徒目付が答えた。

徒目付は御家人の監察をするだけではなかった。隠密《おんみつ》として江戸の近辺へ探索に出ることもある。品川で悪名高い一太郎を知っていて当然であった。

「顔役……廻船問屋は表か。正業ではないな」

難しい顔を鳥居耀蔵が見せた。

「誰か、品川まで行き、確認を取って参れ。それまで、詮議は中断いたす。末森を下がらせよ」

「はっ」

徒目付が同意した。

「お待ちくだされ。大御所さまへ、大御所さまへ、何卒お目通りを」

昨日と同じ頼みを、末森が望んだ。

「罪が明らかになるまでは、ならぬ」

鳥居耀蔵が拒絶した。

「なれば、御側御用取次の水野美濃守さまへ」

「なに、御側御用取次の水野美濃守だと」

立ちあがりかけていた鳥居耀蔵が座り直した。

目付の権威は、老中でも呼び捨てにできる。

「親しく御交遊をいただいておりますれば」

大御所徳川家斉の寵臣、水野美濃守の力は大きい。鳥居耀蔵が興味を示したことに、末森が安堵のため息を吐いた。

「水野美濃守といつ会った」

「あれは最後の当番でござったから、十一日前でござる」

「その後は会っておらぬのだな」

「会ってはおりませぬ」

鳥居耀蔵の確認に末森が答えた。

「逐電中に手紙などをやりとりしたか」

「いいえ……ちょっとお待ちくださいませ」

取り調べのような質問に、末森が戸惑った。

「拙者は、水野美濃守さまへ、お報せを願いたいだけなのでござるが……」

「大御所さまのお側から逃げ出すような者と、かかわりがある。そうとなれば、水野美濃守にも話を訊かねばなるまい。御側御用取次といえば、君側第一の寵臣。その美濃守が、任を放り投げて逃げ出す、大御所さまへ敬意を表せぬ輩と連絡を取り合っていたとなれば……美濃守の忠義に疑念がわいて当然である。もし、忠義に陰りがあるとなれば、大御所さまのお側へ置いておくわけにはいくまい」

強い口調で、鳥居耀蔵が告げた。

「そ、そのようなことは……」

末森が慌てた。

「では、水野美濃守とは」

「なんのかかわりもございませぬ」

確認されて末森が顔を伏せた。

水野美濃守の名前を出したことが、助けになるどころか、足を引っ張ることとなった。

「紀州屋からの返答が来るまで、揚がり座敷へ戻せ」

「…………」

抵抗することなく末森が連れられていった。

「水野美濃守の名前が出たな。利用する価値はある」

鳥居耀蔵は、牢屋敷を出た足で、江戸城へあがった。

目付は黒染めにした麻の裃《かみしも》を年中身に着けていた。麻の裃は、動くたびにこすれ、独特の乾いた音を出す。

音を聞いた者は、目を付けられてはたまらぬと、あわてて廊下を曲がったり、襖を開けて、無人の部屋へ逃げこんだりする。まるで大名行列の先触れのようであった。

鳥居耀蔵は本丸から西の丸へと渡った。

「…………」

大御所家斉の居室である西の丸中奥《なかおく》御座の間へ近づいた鳥居耀蔵は、小姓に止められた。

「お待ちあれ。大御所さまのお側近くである。いかに目付であろうとも、用件なき者が近づいてよいところではない」

西の丸小姓が、立ちふさがった。

「美濃守どのは、おられるか」

あえて鳥居耀蔵は呼び捨てを避けた。将軍の側近を呼び捨てにできるのは、御用中であり、敬称をつけることで、私用だと匂わせたのであった。

「御側御用取次さまか。しばし、待たれよ」

聞いた西の丸小姓が、御座の間へと消えた。

「大御所さまの御用が終わり次第、いらっしゃる」

「承知。お手数であった」

うなずいて鳥居耀蔵は五間（約九メートル）ほど離れた畳廊下の片隅に移動した。

「お待たせした」

小半刻（約三十分）ほどして、水野美濃守忠篤がやってきた。

「御用中に申しわけござらぬ」

一礼して、鳥居耀蔵は話を始めた。

「西の丸小姓末森忠左をご存じか」

「末森……ああ。あの逐電いたした慮外者《りょがい》よな」

言われた水野美濃守が、思い出したと手を叩いた。

「昨日、屋敷へ立ち戻ったところを捕らえましてござる」

「おう、結構な」

水野美濃守が、手を打った。

「現在取り調べをいたしておる最中なのでござるが……」

「乱心だと聞いているが、なにかござったのか」

口ごもる鳥居耀蔵へ、水野美濃守が問うた。

「美濃守さまのお名前を、出したのでござる」

「……なんだと」

水野美濃守が大きな声を出した。

「お平らに」

鳥居耀蔵が抑えた。

「なにか」

「ああ。なんでもない」

興味津々《しんしん》で見ている西の丸小姓へ、水野美濃守が手を振った。

「お心当たりはございまするか」

「その逐電した西の丸小姓の名前は」

問う鳥居耀蔵へ、水野美濃守が尋ねた。

「末森忠左でござる」

「……末森、末森。なんとなく覚えはあるが、どのような者か明確ではないな」

しばらく目を閉じて思案していた水野美濃守が首を振った。

「さようでございましたか。ならば、妄言でございましょう。いや、お忙しいところをかたじけのう存じまする」

わざとらしい水野美濃守の対応も、鳥居耀蔵は突《つっ》かなかった。

終始ていねいな口調で、鳥居耀蔵は水野美濃守の前から去った。

「水野美濃守も終わりよな。あそこはとぼけるところではなく、知っていると言うべきなのだ。そのうえで、なぜ余の名前を出したかを問いたいと末森への面談を望むのが、妙手。たとえ立会人がいたところで、いくらでも話を通じる方法はある。それこそ、牢獄で自裁せよと命じることもできた。末森が死ねば、この一件は終わるというに」

一人呟いた鳥居耀蔵は、小伝馬町へと戻るため、足を速めた。

二

老中になってまだ一年ほどの土井大炊頭利位の下城は遅い。先任の老中たちが御用部屋を出るまで、新任は待つという慣例と、その後面談を望む者と会わなければならないからだ。

「お帰りなさいませ」

暮れ五つ（午後八時ごろ）を過ぎて屋敷へ戻った土井大炊頭を用人が出迎えた。

「疲れたわ」

嘆息しながら土井大炊頭は、着替えをするため、小姓たちに身を任せた。

「殿」

書院まで付いてきた用人が、土井大炊頭へ声をかけた。

「なんじゃ」

気怠《けだる》そうに、土井大炊頭が応じた。

「品川の紀州屋がお目通りを願っております」

「紀州屋がか……庭で待たせておけ。腹が空いておる。夕餉を先にする」

用人の言葉に、一瞬眉をひそめた土井大炊頭だったが、すぐに首肯した。

「はっ」

頭を下げた用人が、手配のために出ていった。

「待たせた」

半刻（約一時間）近くして、ようやく土井大炊頭は、庭へ出てきた。

「いえ。不意にお目通りを願ったのは、こちらでございまする。御用繁多のところ申しわけもございませぬ」

不満の影さえ見せず、一太郎が一礼した。

「早速でございまするが、用件に入らせていただきまする。逐電していた西の丸小姓が、目付に捕まりましてございまする」

「ふむ」

聞いた土井大炊頭が満足そうにうなずいた。

「すでに末森の逐電は御用部屋にあがっておる。わかっておると思うが、末森が要らぬ口を利かぬよう、手配いたせ。乱心者と認められることはないと思うが、そうならぬうちにな」

「心得ておりまする。生きて捕まってくれねば、逃げたということになりませぬゆえ、わざと目付の前へ差し出しましただけで」

一太郎が述べた。

「うむ、なかなかに心きいておるな。いかに大御所さまがお力を振るわれようとも、西の丸小姓が逃げ出したと表沙汰になれば……」

「お名前に傷が付くことは避けられませぬ」

土井大炊頭の言葉を一太郎が引き取った。

「大御所さまの小姓を、我ら御用部屋が処断する。こうすることで、どちらが上の立場にあるかを見せつけられるのだ。将軍の座を退《ひ》かれたのだ。おとなしく隠居なされておられればいいものを、政《まつりごと》に口を出されては、我らの決定を覆す。御上のご威光に傷が付いているとお気づきでさえない。我ら執政も、繰り返し練った案を潰されては、努力をした甲斐《かい》がない。このままでは幕府がだめになる。それを防ぐには、大御所さまを排し奉るしかないのだ」

「…………」

滔々《とうとう》と語る土井大炊頭を、一太郎は黙って見ていた。

「かといって大御所さまのお命をお縮め申すわけにはいかぬ。こうやって少しずつながら、大御所さまのお名前を落としていくしかない。この度は見事であった。褒めて取らすぞ、紀州屋」

ようやく土井大炊頭が、話し終えた。

「かたじけないお言葉」

もう一度頭を下げた一太郎が、続けた。

「ついては、お願いしておりましたことを……」

「なんであったか」

土井大炊頭が問うた。

「吉原へ目付をお出しいただきたいと」

「なにを調べさせるのだ」

重ねて土井大炊頭が訊いた。

「人身売買でここに売られた旗本の娘たちの名がございまする」

「わかった。明日にでも目付部屋へ通達を出す。それでよいな」

出された書付を興味なさげに見て、土井大炊頭が首肯した。

「よしなにお願い申しあげまする」

一太郎が頭を下げた。

「では、小姓の後始末、急げよ」

「はい」

請け負う一太郎を後に、土井大炊頭が屋敷へと消えていった。

「聞いていなかったとでも、言いたいのか……わざとらしい質問をしやがって。なにさまのつもりでいるのだ」

一太郎が吐き捨てた。

「大名の家、それも土井大炊頭利勝《としかつ》の子孫として生まれたから、老中になれた。己の才でないことになぜ気づかぬ。こちらの望みをすっかり忘れていたなど、頭に穴でも開いてるのではないのか。あのていどの者、儂の店では、倉庫番も務まらぬわ」

土井大炊頭の屋敷を出た一太郎が、罵《ののし》った。

「まあいい。あまり賢ければ、こちらの思うとおりに動かすのが面倒になる。それより、末森を殺す手配だ。矢組がなくなってしまったからな。刺客がいない……なにより、末森は、牢屋敷のなかだ。まず、人を入れることはできない」

考えながら一太郎が品川へと向かった。

「仕方ないな。手駒《てごま》を潰すことになるやも知れぬが……」

一太郎が決意した。


品川の店へ戻った一太郎は、寝ずに待っている番頭に驚いた。

「どうかしたのか。いつもどおり先に寝ていていいと言ったはずだ」

怪訝《けげん》な顔で一太郎が尋ねた。

「御徒目付《おかち》さまが、夕刻よりずっとお待ちでございまする」

「……御徒目付だと」

一太郎が眉をひそめた。

「用件は」

「主に直接問うと仰せられまして」

申しわけなさそうな顔で番頭が言いわけした。

「ちっ。そこを何とかするのが、おまえの仕事だろう。伊達《だて》や酔狂で、店を任せているわけじゃない」

「…………」

叱られて番頭が、顔を伏せた。

「どこだい」

「奥の客間でお待ちいただいております る」

番頭が答えた。

「茶だけというようなまねはしてないだろうね」

「はい。夕餉をお出ししてありまする」

「そうか」

奥へ入りかけた一太郎が、足を止めた。

「二両ほど包んでおけ。土産《みやげ》にする」

「はい」

うなずく番頭を残し、一太郎は客間へと向かった。

「お待たせをいたしました。紀州屋の主一太郎でございまする」

客間前の廊下で膝を突いて、一太郎が挨拶をした。

「徒目付、首藤源治郎《しゆとうげんじろう》である。目付鳥居耀蔵さまの命で、紀州屋に問い質《ただ》したきことあり、参上した」

上座で背筋を伸ばしたまま、徒目付も名乗った。首藤の前に置かれた膳にはいっさい手が付いていなかった。

「なにか御用と伺いましたが……」

ちらと膳に目を走らせた一太郎が、用件に入った。

「西の丸小姓末森忠左を存じておるか」

「末森さまでございまするか。多くのお旗本の方々とおつきあいをいただいておりますので、今、どうかは思い出せませぬ」

一太郎が首を振った。

「その末森が、そなたに病気療養届けを出してくれるよう依頼したと申しておるのだが、覚えはないか」

首藤が続けた。

「病気療養届けでございまするか。はて、そのようなものは存じませぬ。わたくしどもは商人でございますれば、お武家さまの決まりごとには、疎《うと》うございまして、そのようなものがあるというのも、今初めて知ったような有様でございまする」

首をかしげながら一太郎が言った。

「そうか。ならば結構である。手間を取らせたな」

話はすんだと首藤が立ちあがった。

「お役に立てませんで」

詫びながら一太郎が見送りに立った。

「旦那さま」

店の土間で番頭が近づいてきて、懐紙に包まれたものをそっと出した。

「ああ」

受け取った一太郎は、そのまま懐へ入れた。

「邪魔をした」

草鞋《わらじ》の紐を締め終えた首藤が、店を出て行った。

「渡さなくてよろしかったので」

番頭が、後を追わない一太郎へ訊いた。

「あれはだめだ。膳どころか茶にも口をつけちゃいねえ。あんな堅物《かたぶつ》に金など渡してみろ。受け取ったそのまま、目付のところへ持っていくぞ。かえって痛くない腹をさぐられるわ」

一太郎が嘆息した。

「治兵衛《じへえ》」

「はい」

呼ばれた番頭が、腰を屈めた。

「牢屋同心に飼っているのはいたかい」

「……牢屋同心でございますか。二人ほど金で縛っておりますが」

すっと番頭の目が細くなった。

「どちらでもいい。いや、両方使おう。借金の棒引きを餌《えさ》にして、末森の食事に毒を盛らせなさい」

「へい」

番頭が首肯した。

「わかっているだろうけど……」

「承知いたしております。後始末はお任せを」

暗い声で番頭が受けた。

吉原の頼みを果たすべく動いていた扇太郎だったが、思うようにことは進んでいなかった。交流のある天満屋孝吉、水屋藤兵衛らの手にある岡場所では、調べができても、他の土地になると、何一つわからないのだ。

「旗本の娘はおらぬか」

「とんでもない」

扇太郎の質問は、どこでもあっさり否定された。

「本当のところを教えてくれ」

「ふざけんじゃねえ。なにか、おめえは、うちの商売にけちをつけようっていうのか。おい、みんな出て来い」

さらに食い下がると、どこもが厳しい反応を返してきた。

「困ったものだ」

打つ手に悩んだ扇太郎はあきらめて屋敷へ帰ることにした。

収穫のなさに消沈しながら屋敷近くへ戻ってきたところで、扇太郎はまとわりつくような気配に出迎えられた。

「闕所物奉行、榊だな」

辻の奥から僧侶が出てきた。

手に三尺（約九十センチメートル）ほどの棒を持った僧侶が、いきなり殴りかかってきた。

「親父の祥月命日はまだで、坊主に用はない」

扇太郎は、軽口を叩きながら、かわした。

「…………」

余計な口を利くことなく、僧侶は棒を振った。

「引導を渡す気もないか」

大きく後ろへ跳んだ扇太郎は、太刀を抜いた。

「やあ」

気合いを発して僧侶が、棒を薙《な》いだ。

「届くものか」

半歩下がって扇太郎は、かわした。

「りゃあ」

大きく棒を上下に振り回しながら、僧侶が迫ってきた。

「ふん」

扇太郎は、余裕をもって避けた。

一見手慣れているように見えるが、太刀を怖がっているのか、踏みこみが足らない。

「侍相手は慣れてねえな。抵抗しない奴ばかりやって来ていたな」

すぐに僧侶の動きを、扇太郎は読んだ。

「死ねい」

痛いところを突かれた僧侶が棒を頭上から振り落とした。

「遅いわ」

扇太郎は下段に落としていた太刀を斬りあげた。

棒というのは刀にとって厄介な相手である。まともに撃ち合うと、刀身が曲がるか、下手をすれば折れてしまう。棒と戦うときは、決してぶつけてはいけない。

大きく踏みこんだ扇太郎は、掬《すく》うように太刀を使って、棒でなく僧侶の両腕を斬り飛ばした。

「ぎゃ、ぎゃあああ」

僧侶が絶叫した。

「人を殺そうとしておきながら、斬られたら悲鳴をあげるとは」

冷笑しながら扇太郎は、僧侶に当て身を喰らわせた。

意識を刈り取った扇太郎は、下緒で僧侶の腕を縛り、血止めをした。懐にたえず持っている鹿の裏皮を使って、太刀の刃に拭いをかける。血の脂は研《と》ぎに出さないと取れないが、こうしておかないと鞘《さや》のなかで太刀が錆《さ》びた。

「水屋の手を借りるか」

太刀をしまった扇太郎は、大柄な僧侶を肩に担いで、深川の顔役水屋藤兵衛を訪れた。

「……またでございますか、お奉行さま」

事情を聞いた水屋藤兵衛があきれた。

「襲ってくれと頼んだわけではないぞ」

扇太郎は苦笑を返した。

「お心当たりは」

「多すぎてな」

「では、こいつから聞き出すとしましょう。後ほどお報せに参りますので、どうぞ、お帰りを」

「すまない。礼は後日」

懐には小銭しかない。扇太郎はそのまま屋敷へ戻った。

「……血の匂い」

帰った扇太郎を迎えた朱鷺の表情が強《こわ》ばった。

「大事ない。追い払った」

「………」

扇太郎の言葉など無視して、朱鷺が手で様子を確かめた。

「なぜ」

「罪人とはいえ、その財物を取りあげるのだ。恨まれて当然」

「嘘」

朱鷺が首を振った。

「歴代の闕所物奉行が殺されたなど聞いたことはない」

幕府の役人が殺されるなど、滅多にあることではなかった。江戸の犯罪を一手に引き受けている同心でさえ、まず怪我《けが》もしないのだ。

「走狗だからな。吾は。飼い主の言うことには従わねばならぬ。それが熊の巣穴であっても、入っていかねばならぬのだ」

「そんな……」

「悪いことばかりではないしな」

扇太郎は朱鷺の肩を抱いた。

三

鳥居耀蔵の取り調べは、三日で終わった。

「紀州屋とか申す者も知らぬと申しておった。役目を果たさず逐電しただけではなく、醜《みにく》き言いわけを繰り返すなど、民どもの手本となるべき旗本として言語道断である。委細をご老中さまへ申しあげる。厳しい断が評定所で下るであろう。覚悟をいたしておけ。見苦しいまねはするな」

「そんな。約束が違う……」

「約束だと」

末森の呟きに鳥居耀蔵が喰いついた。

「申せ」

「病気療養として十日ほど隠れていれば、借財を全部引き受けると紀州屋が申したのでござる」

すがるように末森が述べた。

「まことか」

「この期《ご》に及んで、嘘など申しませぬ」

末森が断言した。

「紀州屋か」

鳥居耀蔵が、部屋の隅に控えている徒目付の一人、首藤へ顔を向けた。

「昨今、旗本御家人への金貸しを始め、かなりの数に及んでいるとのこと。なかには、娘を吉原へ売る羽目になった旗本もあるやに聞き及んでおりまする」

首藤が述べた。紀州屋へ使いに出た後調べあげたのだ。そのくらいの機転が利かぬようでは、徒目付など務まらなかった。

「恥を申しまするが、わたくしも娘を売るしかないところまで来ており、紀州屋から、言うことを聞かねば、苦界へ沈めると……ただ、紀州屋の言葉どおりに従えば、借財はなかったことにすると」

泣きそうな顔で末森が申し立てた。

「旗本の娘を借財の形に取り、遊郭などへ売り払うなど、御上の威信にかかわる大事である。その話がまことなれば、放置しておくわけにもいかぬ。紀州屋を調べて見ねばならぬな。なにか証拠はないのか」

「紀州屋から、借財棒引きの証文をもらっておりまする」

「どこにある。屋敷か」

「いえ、奪われては困ると、潜んでおりました品川の荒れ寺の床下へ隠しましてございまする」

質された末森が述べた。

「末森、今の話、評定所でご老中方にできるな」

「も、もちろんでござる」

大きく末森が首を縦に振った。

「よし。ならば、儂も口添えをいたそう」

「かたじけない」

末森が礼を述べた。

「よし、揚がり座敷へ戻せ」

まず末森を退出させた鳥居耀蔵は、首藤へ目で近づくように合図した。

「末森へ、手を出してくるであろうな」

「まちがいなく」

首藤が同意した。

「品川の一太郎といえば、江戸全部の顔役を狙っていると言いまする。品川の遊郭から揚がる金を遣って、あちこちへ手蔓《てづる》を作っておるとか」

「牢のなかにもか」

「金で飼われている牢屋同心、小者はおりましょう」

多くて四十俵三人扶持、少なければ二十五俵三人扶持でしかない牢屋同心である。金を摑ませれば、どうにでもなる。事実、牢屋のなかでありながら、囚人たちは煙草を吸い、酒を飲んでいるのだ。これらは、牢屋同心の目こぼしなしにはできなかった。

「小人目付を使え。末森を殺させるな。余はご老中さまへ申しあげてくる」

「御意《ぎょい》」

立ちあがった鳥居耀蔵へ首藤が平伏した。


江戸城表で、目付が足を踏み入れられないところが二つあった。

幕政すべての書付を扱う奥右筆部屋と、老中の執務場所である上の御用部屋であった。

「水野越前守さまへお目通りを」

上の御用部屋の前に座している御用部屋坊主へ、鳥居耀蔵は取次を頼んだ。

「うかがって参りまする」

御用部屋坊主は、なかへと入った。

「しばし待てとの仰せにございまする」

出てきた御用部屋坊主が述べた。

「ご苦労であった」

御用部屋坊主をねぎらって、鳥居耀蔵は御用部屋の出入り口から少し離れた。

「お見えにございまする」

半刻（約一時間）ほどで先触れを御用部屋坊主が口にした。鳥居耀蔵は、小腰を屈めて、老中水野越前守忠邦《えちぜんのかみただくに》が近づくのを待った。

「御用繁多でな、待たせた」

「御多忙のところ畏《おそ》れ入りまする」

水野越前守の言葉に、鳥居耀蔵は応じた。

「なんじゃ」

「末森忠左を取り調べておりましたところ……」

促されて鳥居耀蔵が経緯を話した。

「旗本の娘が、吉原へか」

聞き終わった水野越前守が苦い顔をした。

「諸色が高騰し、旗本御家人の生活が困窮しておるとは聞いていたが、娘を売るところまでいっておるとは……誇りも金の前には失われてしまう」

水野越前守が嘆いた。

「ご老中さま。旗本の困窮より、娘を売り買いしたことが大事ではございませぬか」

「……そなたでは見えなくとも無理はないか」

あきれた顔で水野越前守が鳥居耀蔵を見た。

「どういうことでございましょうか」

鳥居耀蔵が気色《けしき》ばんだ。

「娘を売る者、買う者を罰したところで、旗本の生活が好転せねば、また同じことになろうが。罪を犯した者を罰するだけでは、だめなのだ。根本から変えてやらねば、意味がない」

諭すように水野越前守が語った。

「もっとも、このようなことは執政の仕事で、そなたの任ではない」

「…………」

出過ぎるなと言われた鳥居耀蔵が沈黙した。

「話を戻すぞ。言わずとも、人身売買は御法度である。貧しい農村でおこなわれるのは、生きていくためにやむを得ぬこととして目こぼししてよいが、さすがに旗本となれば、そうはいかぬ。旗本が法度を破っていては、民に示しが付かぬ。なんらかの対応を取らざるを得ぬな」

「つきましては、末森忠左を評定所で裁くおり、老中方のご臨席をお願いいたしたく」

「今の話を皆に報せようと申すか」

「はい」

鳥居耀蔵がうなずいた。

「しかし、昔と違い老中は政の諮問にかかわるときのみ、評定所へ出向くとなっておる。多忙な老中を評定所に出向かせるのは、なかなか難しいぞ」

水野越前守が表情を厳しくした。

評定所は、幕政にかかわること、二つ以上の管轄にかかわる訴訟、庶民から提訴された大名旗本の審議、罪を犯した大名旗本の詮議などをおこなう。老中、寺社奉行、町奉行、勘定奉行、大目付、目付などで構成され、評定所で話し合われた結果が最終決定となった。当初は、老中も同席していた。しかし、幕政が複雑多岐に変化したため、老中の臨席も形式となり、大名旗本の詮議への同席はなくなっていた。

「そこをなんとか、お願いできませぬか」

「ふうむ」

腕を組んで水野越前守が唸った。

「品川の顔役、紀州屋とか申した男がかかわっておるか……」

水野越前守が呟いた。

「顔役などとうそぶく連中が、天領である品川で大きな顔をしているのみならず、旗本たちに金を貸し、娘をその形にとる。御上のご威光を恐れぬにもほどがある。わかった。他の老中たちの出席は確約はできぬが、余は出向く」

「かたじけのうございまする」

深く鳥居耀蔵が頭を下げた。

「しかし、末森の話だけでは弱いな。もう少し実例を探せ。余が出る限り、結論は決まっておらねばならぬ。評定所でそなたの申すことがひっくり返されでもすれば、臨席した余の名前にも影響する」

注文を水野越前守がつけた。

「お任せくださいませ」

「そうじゃ。先夜の闕所物奉行を使え。品川は代官支配、町奉行所の手は入れられぬ。かといって代官の上役である勘定奉行は使えまい。金勘定はできても、取り調べなどは、素人同然だからの」

引き受けた鳥居耀蔵へ水野越前守が告げた。

「闕所物奉行をでございまするか」

鳥居耀蔵が確認した。

「末森の改易は決定したも同然。となれば、闕所が付帯する。末森の財物いっさいを幕府が収公するとなれば、屋敷だけでなく、逐電先も調べることになろう。証文を探すのに、ちょうどよかろう。闕所物奉行に管轄はない。なにより、あの榊は、使える」

「……承知いたしましてございまする」

一瞬詰まった鳥居耀蔵だったが、水野越前守の意向には逆らえなかった。

「恥をかかせるなよ」

言い残して水野越前守が、御用部屋へと戻っていった。

「名前を覚えてもらうとは、榊ごときに分不相応な」

腹立たしげに鳥居耀蔵が独りごちた。

「道具は道具らしくしておればよいものを」

鳥居耀蔵が吐き捨てた。

闕所のない闕所物奉行所は暇である。

代書あるいは筆写などの内職を持ちこんで働いている手代たちを尻目に、扇太郎は居室で刀の手入れをしていた。

「刃こぼれ一つないな」

砥《と》の粉《こ》を打ちながら、扇太郎は感心した。

黒鞘の目立たない拵《こしら》えに隠されているが、中身は天下の名剣正宗《まさむね》である。正宗は徳川家康が、褒賞《ほうしょう》として大名へ与えたものが多く、幕府の書庫に記録が残っている。火事を出した旗本の闕所で天満屋孝吉が手に入れたが、有名すぎて売るに売れず、扇太郎へ朱鷺に次ぐ賄賂として渡してくれたものであった。

屋敷まで襲って来た刺客集団矢組との戦いで、差料を失った扇太郎が、以降愛刀として帯びていた。

「白湯を……」

静かに入ってきた朱鷺が、湯飲みを差し出した。

「待て。刀を鞘へ納める」

鉄の塊である日本刀は、錆《さび》に弱い。湯飲みから立ちのぼる湯気でさえ、油断できないのだ。それこそ、千両では購《あがな》うこともできない正宗に錆など浮かせては、大事であった。

「申しわけ……」

朱鷺が詫びた。

「習わなかったのか」

旗本の娘であった朱鷺が、刀の手入れを知らないはずはないと、鞘へ正宗を納めて扇太郎は問うた。

「あの男は、太刀などもう古い。今は筆の時代ぞと公言して、家で刀の手入れなどしたこともない」

「そうか」

己を借金の形として岡場所へ売り払った父を朱鷺は憎んでいた。

湯飲みへ手を伸ばした扇太郎は、低い声で応じた。

「朱鷺、少し話を訊かせてくれ」

「なに」

盆を横に置いて、朱鷺が座り直した。

「朱鷺のいた岡場所に、旗本の娘はそなただけだったと聞いた」

「……ええ」

嫌なことを思い出させる扇太郎の質問に、朱鷺が表情をなくした。

「客にはそなたが、旗本の娘だと報せていたのか」

「武家の出とは告げていた。そうすれば、町人の客が増え、また値段も上がる。そう、楼主が言っていた」

「なるほど」

「ただ絶対に旗本の出と言ってはいけないと口止めされていた」

「やはりな」

うなずいた扇太郎は、湯飲みを置いて、朱鷺の側へ腰を下ろした。

「すまなかったな」

「いい。お役目」

言葉少なに朱鷺が許した。

「辞めてもよいぞ」

己の女に嫌な思いをさせねばならぬことに、扇太郎は苦痛を感じていた。

「だめ。鳥居さまは、黙っていない」

朱鷺が首を振った。

扇太郎は鳥居耀蔵の手足として使われていた。扇太郎が使えるからこそ、鳥居耀蔵は小人目付から闕所物奉行へと引きあげたのだ。

いわば、扇太郎は鳥居耀蔵の走狗である。その飼い犬に手を噛まれて、黙って許すほど鳥居耀蔵は甘くない。なにより、町奉行となって、昨今流行しかけている蘭学を弾圧し、幕府を国学一色に戻そうとしている鳥居耀蔵の闇を知っている扇太郎を簡単に手放すはずはなかった。

「すまぬ」

もう一度扇太郎は詫びた。

「わたしで役に立つなら、気にしない。わたしの居場所はここしかない。守るためには、なんでもする」

はっきりと朱鷺が宣した。

「一蓮托生《いちれんたくしょう》だな」

「ええ」

ほんの少し朱鷺が表情を緩めた。

「よろしゅうございましょうか」

遠慮がちな声がかかった。

「なんだ大潟」

顔を出したのは手代の大潟であった。

「目付鳥居耀蔵さまよりのご使者が参られ、今夜五つ（午後八時ごろ）屋敷までお見えいただきたいとのことでございまする」

　大潟が報告した。

「使者はどうした」

「ご口上を述べられてすぐに戻られました」

「そうか。ご苦労であった」

「お邪魔をいたしまして」

　笑いながら大潟が下がっていった。

「あやつ……」

　扇太郎は嘆息した。

「取り替えてくる」

　頬を染めて朱鷺が、台所へと逃げた。

「あいかわらず、こちらを人だと思っていないな。来いと呼びつけるだけで、返事もいらないか。呼ばれれば尾を振って寄ってくる、飼い犬」

　一人残った扇太郎の表情が変わった。

「だが、飼い犬に甘んじなければ、潰される。今は従うしかない」

　扇太郎は苦い顔をした。

四

命じられた刻限より早く、扇太郎は下谷新鳥見町の鳥居耀蔵屋敷へ着いた。

「こちらでお待ちを」

顔馴染みの中間が、扇太郎を供待ちへと案内した。

供待ちは、壁に張りついたような腰掛けと火鉢が一つだけという質素なところである。火鉢の上には薬缶《やかん》が置かれているが、お茶などではなく白湯《さゆ》でしかない。

「ご機嫌斜めか」

扇太郎は苦笑した。

その名前のとおり供待ちは、主人に付いてきた中間や小者が、用のすむまで待機するところである。御家人とはいえ、一人前の武士を通す場所ではなかった。

「前は玄関脇の座敷だったが……水野さまのことだろうな」

心当たりは、十分にあった。赤猫騒動で屋敷が狙われた水野越前守は、鳥居耀蔵ではなく扇太郎に警固を任せた。

「顔と名前を覚えられたところで、吾と水野越前守さまでは、身分が違いすぎる。気にすることなどないものを」

　譜代名門で老中の水野越前守と、八十俵の御家人の間にはこえられない大きな壁があった。たとえ、水野越前守が扇太郎を気に入り、手駒として使おうと考えたところで、いろいろ障害があって、実現は難しい。その最たるものとして、面会があった。なにかしらの用があり、扇太郎が水野越前守に会おうと思っても、まず無理であった。旗本、それもかなり上位の役についているものでなければ、老中へ目通りを願うことはできない。奉行とはいえ、江戸城中で席さえ与えられない闕所物奉行などが、老中へ会いたいと言っても、取り次ぎの御殿坊主に鼻先であしらわれるのがおちであった。

　ならば、屋敷でと考えても、やはり老中のもとへ御家人が足繁くかようのは、他人目《ひとめ》を引く。

「まったく猜疑心《さいぎしん》が強すぎる。だから人は付いていかないのだ」

　立てた手柄を奪われるのは、まだいい。

　己が命じたことでも、成功すればねたむ。そんな上役に、喜んで忠義を尽くす下役はいない。

「そもそも闕所物奉行は、大目付支配で、目付の配下ではない」

　扇太郎はぼやいた。

「かといって、大目付は頼りにならぬ」

もともと大目付は、大名を監察するのを任としていた。幕初の大名目付柳生但馬守宗矩《やぎゅうたじまのかみむねのり》などは、二代将軍秀忠の思惑を受け、それこそ何十の大名を取り潰し、数百万石を幕府へ入れた。その功績で、柳生家は一万石の大名となったほどである。しかし幕府へ逆らうだけの気力を持った大名がいなくなったうえ、八代将軍吉宗《よしむね》による大名改易抑制もあって、大目付の仕事は一気になくなった。また、江戸城内における礼儀礼法監査などの実権が目付へと集約された影響もあって、大目付は番方の役職を歴任してきた名門旗本が、隠居前に命じられる名誉職になり下がっていた。とても配下の闕所物奉行をかばうようなまねはしてくれない。

「鳥居を裏切ったとして、誰に庇護《ひご》を求めるか」

口のなかで扇太郎は呟いた。

扇太郎は鳥居耀蔵が、いつでも己を切り捨てるつもりでいると気づいていた。いや、人身御供《ひとみごくう》として、生け贄《いにえ》として、身代わりに差し出す気でいることもわかっている。

もちろん、黙ってやられるほど、扇太郎は幕府に忠義を持ってもいないし、鳥居耀蔵へ恩を感じてもいない。

「目付を抑えるだけの力がある御仁《ごじん》」

鳥居耀蔵は良くも悪くも正道の人であった。扇太郎が邪魔になったところで、刺客を送るようなまねはしない。堂々と幕府の法度に照らして、榊家を改易にし、扇太郎を切腹に追いこむ。それが鳥居耀蔵の信念だと扇太郎は理解していた。もっとも、そのためならば、どのような手段も厭わない怖さも知っている。

「三奉行か……だが、寺社奉行は大名役だし、奏者番《そうしゃばん》を経て出世していく道筋でしかない。目付と対決する気はないだろう。となれば、町奉行か、勘定奉行。町奉行は、今、南が筒《つつ》井和泉守《いいずみのかみ》改《あらた》め伊賀守《いがのかみ》、北が大草《おおくさ》安房守《あわのかみ》か」

扇太郎は町奉行の名前を思い出した。

南町の筒井伊賀守は、二十年近く勤めている古参の町奉行であった。一方、北の大草安房守は、三年ほどまえに就任した若いながらなかなかの能吏として知られている。

「筒井伊賀守はだめだな。町奉行としての経験は大きいが、十八年も町奉行で有り続けた。確かに町奉行は番方旗本のあこがれだが、その上はまだある。八代将軍吉宗さまのもとで南町奉行を務めた大岡越前守忠相《ただすけ》は十九年目で寺社奉行へと転じた。大名へあがったのだ。しかし、筒井伊賀守に出世の噂はない。これでは、とても鳥居の野望に立ちふさがるだけの気力はないだろう」

地位に汲々とする者に気概はないと小さく扇太郎は呟いた。

「かといって北の大草安房守の評判もあまりよくない」

扇太郎は首を振った。

闕所物奉行は、その性格上、上司である大目付より、町奉行とかかわることが多い。もっとも身分に天地の差があるため、町奉行と顔を合わせはしないが、与力たちとはよく話をする。扇太郎は北の与力から、今度の奉行はできるという褒め言葉を聞いたことがなかった。

「水野越前守さまにすがるか……無理だな」

己で口にしておきながら、扇太郎は否定した。

「実質二十万石あったという唐津《からつ》を捨ててまで、執政の座を望んだお方だ。たかが闕所物奉行のために、目付と対立はしてくれまい」

扇太郎の言葉どおり、水野越前守は、国替えを望んでまで幕政へかかわりたがった。水野家はもともと九州唐津で六万石を与えられていた。

温暖な九州では物成りがいい。水野家も表高六万石ながら実質二十万石あった。誰もがうらやむ裕福な藩であったが、当主となった水野越前守は不足だった。唐津藩は、海外からの侵略に備えて、長崎警備の任を課せられており、他の役目に就くことが禁じられていた。

どうしても幕政を我が手でおこないたかった水野越前守は、あちこちに賄《まいない》を撒《ま》いて、運動し、浜松への国替えを願った。

浜松は徳川にとって重い土地ではあるが、その収入は表高よりわずかに多いだけであり、水野家にとって大幅な減収であった。

「殿、なにとぞ思いとどまられよ」

家臣たちにしてみれば大いなる迷惑であった。与えられていた禄の激減だけならまだしも、長崎警備という名目で抱えている藩士が余るのだ。十余万石も失った水野家に、不要な人材を養う余裕はない。何人どころか何十人の家臣が放逐されるのは明白であった。

泣くような家臣の嘆願も、水野越前守の野望を止められなかった。着々と移封を進めていく藩主に、とうとう家老が実力行使に出た。

「吾が身一つをもって、諫言《かんげん》申しあげる」

文化十四年（一八一七）九月、水野越前守の祖父忠鼎《ただかね》から三代仕えていた重臣二本松義廉《にほんまつよしかど》が、切腹した。

「…………」

それでも水野越前守は、我が欲望をあきらめなかった。

二本松の切腹から十日経たずして、唐津藩水野家は浜松へと国替えを命じられた。移封の運動費として要路へ遣った費用、転封の経費、さらに水野越前守が寺社奉行へと登るための賄賂など、数万両の金が費やされ、藩庫は底をついた。いや、借財だけが残った。

「そこまでして老中になりたかった御仁だ。己の身以外なら、なんでも捨て去れるだろう」

扇太郎は、水野越前守に近づくのをあきらめた。

「頼る者がないか」

あらためて扇太郎は、己の孤軍さに気づかされた。

「いざとなれば、鳥居と心中するしかないな。あんな鶏のように痩せて声だけ甲高《かんだか》い男と道行きは勘弁願いたいが、それしかなさそうだ」

扇太郎は苦笑した。

「この世のなか、失うものの多い方が弱い。鳥居耀蔵には、どうしても失えないものとして、町奉行になるという野心と、二千五百石の名門旗本の家名がある。こっちは己の命と、朱鷺だけ。いざとなれば、八十俵の家禄など捨てても惜しくはない。吾と朱鷺、二人くらいなら、なにをしても生きていけよう」

開き直った扇太郎は、悩むことを止めた。

「お戻りでございまする」

それから半刻（約一時間）ほどして、鳥居家の屋敷が騒がしくなった。家臣で手の空いている者たちが、出迎えのために玄関へと集まってきた。

二千五百石ともなると、表と奥の区別がはっきりとする。当主の帰館とはいえ、妻をはじめとする女は顔を出さない。

「開門いたせ。殿のお帰りである」

鳥居耀蔵の供をしていた家臣が、門前で叫んだ。

「ただちに」

きしみ音を立てて、大門が開かれた。

目付は布衣《ほい》格、従《じゅ》六位相当とされ、槍《やり》をたて、騎乗での登下城が許されていた。

「飼い犬らしく、お迎えに出るか」

そのときが来るまでおとなしくしていると決めた扇太郎は、供待ちを出て、家臣たちの端に加わり、小腰を屈めた。

「出迎えご苦労」

ねぎらいを口にした鳥居耀蔵が馬を下りた。

「殿、榊さまがお見えでございまする」

用人が、鳥居耀蔵へ告げた。

「着替える」

家臣の列の隅にいる扇太郎へ、ちらと目を走らせた鳥居耀蔵は、声をかけることもなく玄関からなかへと入っていった。

「申しわけございませぬが、今少しお待ちを」

用人が近づいてきて詫びた。

「承知」

それだけ言うと、扇太郎はふたたび供待ちへ入った。

一人きりになったところで、扇太郎は吐き捨てた。

「試しているな」

「尾を振る相手は誰かを確認させているつもりだろうが……それがかえって反発を生んでいると気づかない。やはり苦労知らずの殿さまだな」

扇太郎は嘲笑を浮かべた。

鳥居耀蔵は、幕府官学である儒学の総本山ともいうべき林家の出であった。先代の長女の婿として入り、当主となった。

義父の隠居に伴って当主となった鳥居耀蔵は、十一代将軍家斉の中奥番《なかおくばん》を振り出しに、徒頭《かちがしら》、西の丸目付、本丸目付と十五年かけて登ってきた。中奥番として家斉に近侍していたかと思えば、西の丸目付として将軍になる前の家慶にも仕えた。

「どちらに転んでも損はない」

といったところで、鳥居耀蔵が十二代将軍家慶の執政、水野越前守についていることは、幕府の誰もが知っていることである。

「ともに辛苦をなめた仲でないと、地獄までつきあってくれる者はいないぞ」

冷めた目つきで扇太郎は吐いた。

「主が参りまする」

用人が先触れに来た。今までこのようなことはなかった。さすがの用人も、本日の扱いに違和を覚えたのだろう。

「榊、品川の紀州屋を知っているか」

待たせた謝罪もなしに、鳥居耀蔵が入って来るなり問うた。

「紀州屋でございまするか」

覚えのない名前に、扇太郎は首をかしげた。

「品川で廻船問屋を営んでおる紀州屋一太郎だ」

「一太郎……狂い犬の一太郎でございますか」

下の名前には嫌というほどの心当たりがあった。

矢組という浪人刺客の集まりを扇太郎へ差し向けた品川の顔役の名前は、忘れられるものではなかった。

「狂い犬……なんだそれは」

今度は鳥居耀蔵が、疑問を呈した。

「紀州屋の裏稼業での名前でございまする」

「裏稼業だと。どのようなものだ」

ふたたび鳥居耀蔵が問うた。

「抜け荷、人身売買、金貸し、人殺しの請負、博打場の開帳などでございまする」

扇太郎は答えた。

「そのような者を横行させておるのか。品川代官はなにをしておるのだ」

鳥居耀蔵が憤った。

「………」

人手が足りないからだと扇太郎は知っていたが、口を挟まなかった。これ以上火の粉が降りかかるのはご免であった。

「まあいい。そなたが紀州屋を知っておるならば、つごうがよい。紀州屋を調べよ」

「なんと仰せで」

思わず扇太郎は聞きなおした。

「二度言わせるな。紀州屋を調べ、その罪をつまびらかにせい。あと末森が品川の荒れ寺へ隠したという紀州屋との密約書を探し出し、余のもとへ届けよ」

叱りつけながら、鳥居耀蔵が繰り返した。

「お言葉を返しまする。わたくしは闕所物奉行でございまする。品川の宿へ手を伸ばすだけの権を持っておりませぬ」

扇太郎は抗弁した。

品川は扇太郎と敵対した一太郎の根城《ねじろ》である。そんなところに出向いていけば、殺してくださいといっているのと同じであった。殺して腹を割いて、石を抱かせて品川の海へ沈めてしまえば、証拠などなにも残らない。

「何を申しておるか。闕所物奉行は、闕所にかかわる限り、あらゆるものに手を出すことができる。末森の改易、闕所は決定した。末森の財物は米の一粒まで、収公することになったのだ。その末森が品川に潜んでいたのだ。潜んでいたところに財産を隠したやも知れぬ。それを探すのは、榊、そなたの仕事である」

鳥居耀蔵が述べた。

「なんのために、他の闕所物奉行を転出させたと思っておるのだ。闕所すべてをそなたの管理下に置くためぞ」

さらに鳥居耀蔵が付け加えた。

かつて扇太郎が闕所物奉行になったとき、先任がいた。

闕所物奉行は二名から三名が任じられ、輪番で職務をこなしていく。大目付の支配を受けるだけでなく、金銭については勘定奉行の影響下にあった。当然、目付の鳥居耀蔵の思うように、闕所を取り扱うことはできなかった。

「しかし……」

それでも扇太郎は渋った。

「御上の御用に異を唱えるつもりか」

「そういうわけではございませぬが……」

闕所物奉行になってから、江戸の闇を嫌でも見せられてきたのだ。狂い犬の一太郎がどれほど危ない男なのか、よくわかっているだけにうなずけなかった。

「そなたの家にいる女、素性を明らかにするか」

鳥居耀蔵が脅しに来た。

もとは旗本の娘である朱鷺は、借金の形に岡場所へ売られた遊女屋が闕所になったおかげで、扇太郎のもとへ来た。遊女屋の女は、すべて闕所の対象である。その女を一人、家に囲っている。横領だった。

「………」

扇太郎は沈黙するしかなかった。

「わかったな。帰っていい」

話は終わったと鳥居耀蔵が、供待ちを出て行った。

「碌な死に方はしないぞ」

口のなかで罵って、扇太郎は鳥居屋敷を後にした。


翌朝、品川へ出かけようとした扇太郎のもとへ、水屋藤兵衛と天満屋孝吉が連れ立ってやって来た。

「あの坊主のことか」

居室へ通した扇太郎は、水屋藤兵衛へ尋ねた。

「さようでございまする」

水屋藤兵衛がうなずいた。

「天満屋までいるとなれば、あの坊主は浅草の者か」

「いいえ、千住《せんじゅ》の荒れ寺に巣くっている破戒坊主の一人でござんした」

天満屋孝吉が答えた。

千住は江戸ではない。やはり代官支配地になる宿場であるが、浅草を支配する天満屋孝吉の縄張りと隣接していた。

「おわかりのとおり、択善の手配でござんした。まことにもって申しわけもございませぬ」

深々と天満屋孝吉が頭を下げた。

「ほう。あの金貸し坊主が、糸を引いていたのか」

扇太郎は驚いた。

小心者を絵に描いたような択善に、旗本を襲わせるだけの度胸があるとは思えなかったのだ。

「金貸しっていうのは、利のためになんでもやりやすので」

「そんなものか」

「それに、己の手を汚すわけじゃございませんしね」

水屋藤兵衛が吐き捨てた。

「まあ、択善が愚かだったのは、お奉行さまをあんな破戒坊主一人で殺せると思ったことでございましょうな。わたくしならば、少なくとも五人、それも鉄炮を持たせたのを二人用意しますが」

「やる気か」

冗談を言う天満屋孝吉に、扇太郎は笑った。

「で、どういう理由で、あの金貸し坊主は、吾を襲わせたのだ」

「お奉行さまが仰せられた、見つけ出せばなけなしの財物を一人占めでき、己のぶんだけでも取り戻せる。この言葉が原因で」

問いに天満屋孝吉が答えた。

「ほう。ということは、択善には、あの末森を匿っている金貸しに心当たりがあったのだ」

「のようでございました」

天満屋孝吉が過去の話として語った。

「択善はどうなった」

「…………」

扇太郎の問いに、天満屋孝吉が酷薄な表情を浮かべた。

「紹介したわたくしの顔を潰してくれたのでございますよ。潰された顔は潰し返さないと、顔役などやってはおられません」

「殺したな」

低い声で扇太郎が確認した。

「…………」

無言で天満屋孝吉が首肯した。

「かかわったことだ。気になるから訊かせてもらうが、択善の心当たりとは、どこだ」

「狂い犬の一太郎で」

「やはりか」

扇太郎は嘆息した。

「……やはりと仰せられますと」

天満屋孝吉が尋ねた。

「面倒を押しつけられてな」

鳥居耀蔵からの命を扇太郎は語った。

「冗談じゃございませんよ」

「無茶にもほどがございまする」

天満屋孝吉と水屋藤兵衛が絶句した。

「町奉行所の睨みがきいてる江戸のなかならまだしも。顔役の縄張りへ行くというのは、敵地も敵地。いかにお奉行さまが、剣術の達人でも、数で来られれば終わりでございますよ」

水屋藤兵衛が首を振った。

「品川は江戸じゃございません。鉄炮を使ってもなんのお咎めもないところでございまする。お奉行さまでも矢玉には勝てませぬ」

続けて天満屋孝吉が止めた。

「行かないと、朱鷺のことを明らかにするぞと言われたわ」

「くっ」

天満屋孝吉が唇を噛んだ。

「横領にせよ、人身売買にせよ、吾は切腹、家は改易、闕所となるな。闕所物奉行が闕所されたとあっては、笑い話にもならない」

わざと扇太郎は笑った。

朱鷺の身売り証文を扇太郎は天満屋孝吉から受け取っていた。とっくの昔に破棄してはいるが、逆にまずい状態となっていた。

身売り証文があれば、それを天満屋孝吉に戻せば、鳥居耀蔵の追及はそこで避けられた。闕所された岡場所の遊女朱鷺を買い取ったのは天満屋孝吉で、扇太郎は、天満屋から女中を雇っただけとごまかせた。

旗本ならば触ることも許されない身売り証文だが、商人ならば奉公証文と言い張ればすむ。幕府も人身売買を禁じていながら、あるていどは目こぼししているのだ。そこへ手を入れたならば、それこそ江戸中の岡場所を摘発しなければならなくなる。そのような手間をかける余裕は幕府になかった。

「断って腹切らされるのも、品川まで出向いて殺されるのも、死ぬには代わりあるまい。座して待つよりは動くほうを吾は好む」

達観していると扇太郎は言った。

「面倒なお方だ」

天満屋孝吉が大きく息を吐いた。

「お奉行さまほどの腕があれば、どこの顔役でも雇いますよ。失礼ながら、今の禄よりは、収入も増えましょう」

「でございますな。わたくしなら、そう、月に五両は出しまする」

水屋藤兵衛が述べた。

一両あれば一家四人が喰える。月に五両、年に六十両となれば、榊家の家禄八十俵より実入りは多かった。

「ありがたい申し出だがな。あいにく吾だけではないのでな。嫁に行った姉のこともある」

礼を言って扇太郎は拒否をした。

旗本の家を捨てることは、謀叛の次に罪が重い。謀叛のように九族まで罰せられることはないとはいえ、姉が嫁入り先で肩身の狭い思いをするのは確実であった。

「それに鳥居耀蔵のことだ。吾が逃げたら、朱鷺の実家を狙うだろう。それくらいのことはしてのける」

朱鷺の実家にも大きな弱みがある。借金の形に娘を売ったのだ。いかに表向き養女に出した体《てい》を装ったところで、旗本から遊女屋への養子縁組などあり得ない。娘を売るなど旗本として言語道断なのだ。突《つ》かれれば、まちがいなく、朱鷺の実家は改易となる。

「冷たい素振りをしているが、朱鷺は実家のことをいつも気にかけている」

実家の話をすると、とたんに拒絶する朱鷺だが、それは感情の裏返しだと扇太郎は理解していた。

「本当にどうでもいいなら、実家の話も普通にできるはずだ。それをあそこまで頑《かたく》なに拒むのは……」

「憎悪の裏返しだと」

扇太郎の言葉に、天満屋孝吉が応じた。

「己の女を守る。それなら命を賭ける値打ちは十分にあろう」

はっきりと扇太郎は宣した。

第四章　吉原攻防

一

天満屋孝吉と水屋藤兵衛が帰った後、扇太郎は屋敷を出た。

「報せておかねばなるまい」

扇太郎は、旗本の借金騒動の裏に狂い犬の一太郎がいることを、吉原へ告げておこうと考えた。

「早ければ、早いほど、対応の準備ができる」

歩きながら扇太郎は呟いた。

幕府には慶事は午前中、凶事は午後からという慣習があった。

よいことは少しでも早く、悪いことはちょっとでも遅くと思う人情からである。しかし、それはまちがいであった。悪いことほど早く報せてもらわないと対応が後手に回る。簡単な例が病であった。さっさと治療を始めないと手遅れになりかねない。

夕刻前、吉原が賑《にぎ》わい始めたころ、扇太郎は大門を潜った。

「案内はいい」

いつものように飛び出してきた吉原会所の忘八を手で制し、扇太郎は西田屋へ向かった。

「わざわざのお出ましありがとうございまする」

見世の忘八から扇太郎の来訪を報された西田屋甚右衛門が奥から出てきた。

「申しわけございませぬが、三浦屋《みうらや》にもお話を聞かせていただきたいと思いまする。お手数ではございますが、三浦屋までご足労をお願いいたしまする」

「ああ」

扇太郎は同意した。

惣名主として吉原に君臨する西田屋甚右衛門だが、そのぶん見世へかける手間にかけ、今では太夫《たゆう》さえ擁立できなくなっていた。対して、やはり吉原創立以来の名楼三浦屋四朗《しろう》左衛門《ざえもん》は、太夫四人を抱え、吉原随一の大見世となっていた。

格と名前の西田屋甚右衛門、規模と金の三浦屋四朗左衛門、この二人が吉原を代表する人物であり、廓にかかわるいっさいを差配していた。

「佐助、三浦屋さんへ報せに行きなさい」

西田屋甚右衛門が、忘八に先触れを命じた。

仲之町通りから少し外れた西田屋と違い、三浦屋は大門からまっすぐのところにある。といったところで、吉原のなかである。歩けば、すぐであった。

三浦屋の間口は西田屋の倍以上あり、置いてある妓の数も一桁違う。まだ、日が暮れていないというのに、多くの客が、三浦屋の暖簾《のれん》を出入りしていた。

「お待ちいたしておりました」

見世の土間で、三浦屋四朗左衛門が出迎えた。

「ここでは、お話もできませぬ。どうぞ」

三浦屋四朗左衛門が、二人を見世の奥につながっている自宅へと案内した。

大名や豪商などの馴染み客を多く持つ三浦屋四朗左衛門は、粋人としても知られていた。二人が通された茶室は、四人入れば狭苦しいほどであったが、扇太郎の目にもいいものだとわかる掛け物や花入れのかかった贅沢な造りであった。

「話の内容が厳しいものとなりそうなので、酒ではなく茶にさせていただきました」

亭主の座に腰を下ろした三浦屋四朗左衛門が頭を下げた。

「いやいや。久しぶりにお招きいただいたが、あいかわらず見事な。あの掛け物は利休でございますかな」

西田屋甚右衛門が感心した。

「あいにくだが、貧乏御家人には、茶を習う余裕もない。利休も一休も区別がつかなくてな。どう見ても、蛇がのたくっているとしか思えないぞ。売ればいくらになるというのを教えてもらえば、少しは感心もできるが」

茶室など生まれて初めての扇太郎は、思ったことを口にした。

「正直なお方だ。これは先祖から伝わるもので、わたくしが購ったものではございませぬが、そうでございますなあ、今売れば、二百両はくだりますまい」

「……二百両。この紙切れが」

扇太郎は驚愕した。

「この茶杓《ちゃしゃく》も利休の作で、やはり二百両。この茶釜《ちゃがま》は、明珍《みょうちん》の手によるもので、三百両はしましょうか。そして、この茶碗は天目《てんもく》と申しまして、値一国とまでいわれております。合わせれば、そう、二千両近くになりましょう」

「この茶碗一個で千両をこえるのか」

大きく扇太郎はため息を吐いた。

「榊さま。三浦屋の罠にはまりましたな」

にこやかに西田屋甚右衛門が笑った。

言われた扇太郎は首をかしげた。

「二千両という金額に驚かれた。それだけで、榊さまは、三浦屋に気圧《けお》されてしまわれた」

「罠とはどういう意味だ」

すぐに扇太郎は理解した。

「なるほど。剣でいうところの呑まれたという奴か」

「茶というのは、表向き世俗の身分をこえて、ただ、亭主が客をもてなすものと言われておりまするが、そんなわけはございませぬ。織田信長さま、豊臣秀吉さま、神君家康さまが、どれほど茶を天下統一に利用されたか。侘《わ》び寂《さび》などは茶の表。その裏は、密議をこらす場であり、相手を威圧するための舞台」

西田屋甚右衛門が明かした。

「やれやれ。全部ばらしてしまわれては、困りますな」

茶を点《た》てながら、三浦屋四朗左衛門も笑った。

「ご安心を。別段、榊さまをどうこうする気はございませぬ」

「当たり前だ。八十俵の御家人を脅したところでなにも出ぬわ」

三浦屋四朗左衛門の言葉に、扇太郎は苦笑した。

「どうぞ」

濃茶《こいちゃ》が扇太郎の前に差し出された。

「いただこう」

生涯で初めての茶を口にして、扇太郎は顔をゆがめた。

「苦い。まずいな」

「でございましょう。わたくしもずっとそう思っておりました」

すなおな感想に西田屋甚右衛門が同意した。

「茶には人の心を落ち着かせる力がありまする」

風流をまったく理解しない扇太郎へ、三浦屋四朗左衛門が教えるように述べた。

「温かい白湯のほうが、落ち着くな」

茶碗を置いて、扇太郎は首を振った。

「もう話に入ってもいいか」

「どうぞ」

扇太郎の問いに、西田屋甚右衛門がうなずいた。

「吉原へ旗本の娘が売られてきている裏には、狂い犬の一太郎がいるようだ」

「あやつでございますか」

二人の楼主が顔を見合わせた。

「西田屋さんのお馴染みでございましたな」

三浦屋四朗左衛門が確認した。

「そのとおりで」

苦い顔で西田屋甚右衛門が答えた。

「どう来ますかな」

「手下を連れて襲い来ることはない」

はっきりと扇太郎は断言した。

「忘八に戦いを挑むほど、馬鹿じゃないだろう」

「でございますな」

扇太郎の意見に、三浦屋四朗左衛門も同意した。

忘八とは、人として守るべき仁義礼智忠信孝悌の八つを失った者との意味である。吉原の男衆たちのことを指し、その果敢さはやくざをして震えあがらせるほどであった。

「廓には百人をこえる忘八がおりまする。攻めてきたところで、どれほどのこともございませぬ。なにより、大門うちは苦界。なにがあっても俗世は手出しをしない決まり。全員殺したところで、咎められることもございませぬ」

淡々と西田屋甚右衛門が述べた。

「となると、御上の手でございましょうか」

「御免状改めと言われれば、ちとまずうございますな」

三浦屋四朗左衛門が嘆息した。

「そこまではしないだろう。神君のお名前は、御上にとっても重い。将軍家自らが命じられたならばともかく、老中でも神君の遺されたものへ手出しは難しい」

幕府にとって初代家康は神であった。扇太郎は吉原の危惧を否定した。

「となれば、残るは人身売買の疑いを表に出して、町奉行所が出て参るくらいでしょうか」

西田屋甚右衛門が言った。

実際はなにもしないで放置しているが、表向き吉原は町奉行所の支配を受けている。十二分な鼻薬と、御免色里の看板で、いっさいの手出しをさせていないが、町奉行所の命には従わなければならなかった。

「町奉行所も上から命じられれば、断り切れまい」

宮仕えの辛さを扇太郎は身に染みて知っている。

「与力や同心が従いますか」

吉原は、毎月相当の金額を町奉行所へ撒いている。西田屋甚右衛門の疑問は当然であった。

任期限りの役目である町奉行と違い、与力や同心は終生どころか子々孫々まで町方なのだ。大きな金蔓《かねづる》の吉原と縁を切るのは、かなりの痛手になる。なにより、吉原のことは吉原でと放置していたのが、一度手出しをすると後々まで面倒を見なければならなくなるのだ。

金は減り手間が増える。与力同心にとって吉原へ手出しするのは、百害あって一利なしであった。

「与力同心を使わずともできよう。町奉行といえば、三千石のお歴々だ。自前の家臣だけでも三十名はいる。家臣の何人かを内与力《うち》として登用しておけば、形式としては問題ない」

「ふむ」

「まずいですな」

やりようはあるという扇太郎の話に、西田屋甚右衛門と三浦屋四朗左衛門が顔を見合わせた。

「いつ来るかくらいは、わかろう」

「それはもちろん。南であれ北であれ、わたくしどもに親しい与力さまは、幾人もおられまするゆえ。町奉行さまの動きなど、すぐに知れまする」

問いに西田屋甚右衛門が答えた。

「ならば打つ手はいくらでもあるはずだ」

「さようでございますな」

三浦屋四朗左衛門が首肯した。

吉原の話が終わったところで、西田屋甚右衛門が扇太郎へと身体を向けた。

「ところで、榊さま」

「狂い犬の一太郎をどうなさいまするので」

西田屋甚右衛門の目つきが厳しくなっていた。

「あいつは普通じゃございませんが、馬鹿ではありませぬ。榊さまが一太郎のことを知られたということは、向こうも榊さまのことを知ったと考えるべきでございまする。おそらくなんらかの手出しをして参りましょう」

「もう矢組を差し向けられたわ」

扇太郎は告げた。

「あの刺客組を潰したのは、榊さまでございましたか」

江戸の噂が集まる吉原である。さすがに矢組の崩壊を知っていた。

「ならば、より一層厳しくなりましょう」

薄茶を用意していた三浦屋四朗左衛門の手が止まった。

「黙ってやられるわけにもいくまい。相手にするしかなかろう」

肚《はら》を据えた顔で扇太郎は述べた。

「あいかわらず生き方の下手なお方でございますな」

あきれた表情で西田屋甚右衛門が嘆息した。

「狂い犬の一太郎は、吉原にとっても仇敵。お手伝いをさせていただきましょう。よろしいかな、惣名主」

「そういたしましょう。まずは、一太郎の居場所などを調べなければいけませんな」

「おい、ちょっと待ってくれ」

勝手に話が進むのを、扇太郎は止めた。

「狂い犬の一太郎と対峙するのは、吾の役目でもある」

今更隠してもしかたないと、扇太郎は鳥居耀蔵の命を告げた。

「鳥居さまも世間知らずな」

「女を喰いものにしているわたくしどもが言うのもなんでございますが、人を人とも思っておられませぬな」

二人がため息を吐いた。

「榊さまには、このたびの一件で狂い犬の一太郎が後ろにいると見つけ出してくださいました。それに対する恩もないとは申しませぬ」

西田屋甚右衛門が話した。

「それ以上に、一太郎は吉原の敵となったのでございまする。敵に対して攻撃を加えるのは当然でございましょう。たとえ榊さまのことがなかったとしても、我らは一太郎へ手出しをいたしまする」

三浦屋四朗左衛門が続けた。

「敵の敵はすなわち味方。味方ならば、互いに協力し合うべきではございませんか」

ふたたび薄茶を点てながら、三浦屋四朗左衛門が言った。

「そうだな」

理に弱い扇太郎は、二人の言いぶんを認めた。

「それに吉原の忘八は、決して足手まといにはなりませぬよ」

「わかっている」

かつて三浦屋四朗左衛門の忘八に襲われた扇太郎は、その実力をよく知っていた。

吉原の忘八は、そのほとんどが、過去に罪を犯して逃げてきた者である。人を殺した者、盗みを働いた者、年貢のきつさに村を捨てた百姓、どれも捕まればまず死罪となる連中ばかりであった。苦界の吉原に入り、俗世との縁が切られればこそ、捕まらずに生きていけるのだ。忘八にとって吉原は唯一の居場所である。守るためには、命さえ惜しまなかった。

命を捨てた者ほど怖いものはなかった。たとえどれだけ腕の立つ刺客であろうとも、生還して褒賞を手にしたいと思っている限り、生きた死人である忘八には勝てない。腕を失おうが、目を潰されようが、忘八は引かないのだ。

未練なき者の力こそ、吉原を支えていた。

「三浦屋さん、そちらの妓で、吉原から品川へ流れていった者がおりましたはずで」

「あやめでございますな。はい。年季は明けたのでございますが、あいにく悪い男を間夫《まぶ》にしていたので、借金は終わらず、品川へと見世替えをいたしました」

西田屋甚右衛門の問いかけに、三浦屋四朗左衛門が答えた。

「他にも吉原から品川へ行った者は何人かおりましょう。廓中の見世に訊いてみましょう」

薄茶を扇太郎へ饗《きょう》しながら、三浦屋四朗左衛門が提案した。

吉原で遊女をしていたというのは、場末の遊郭では大きな箔《はく》であった。吉原では最下級の端《はし》でも、宿場の遊郭では太夫として扱われる。宿場一の売れっ子になって当然であり、その力は楼主をもこえた。

「それらに一太郎の様子を問い合わせてみましょう」

「まずは、そこからでございますな」

二人が同意した。

「敵を知り己を知れば百戦危うからずとは、孫子《そんし》の言葉でありましたか」

「とりあえず、榊さまは、お屋敷でお待ちくださいませ。近日中に、こちらから参りますので」

「頼んだ」

三浦屋四朗左衛門と西田屋甚右衛門が手配の終わりを宣した。

何も知らずに踏みこむより、準備をしてから行くほうが、よいに決まっていた。礼を述べた扇太郎は、二杯目の茶を飲み干し、その苦さを残したまま吉原を出た。

二

狂い犬の一太郎は、末森が己の名前を出したことを知り、幕府の手が伸びてくると予測していた。

「品川にいる限りは安全だが……」

東海道第一の宿場である品川は、関東郡代伊奈《いな》家の管轄であった。かつては世襲制の関東郡代として威を張っていた伊奈家も、家中で騒動を起こし、家禄は半分以下、職も郡代から足立埼玉葛飾三郡の代官へと落とされ、品川は代官中村八太夫の支配となっている。

その中村を一太郎は金でがんじがらめに縛っていた。

「たとえ中村が裏切ったとしても……」

幕府より命じられれば、いかに金で飼われていても、代官は従わなければならない。拒絶などすれば、咎めを受ける。

「品川の宿場は、この一太郎さまの支配下にある。いくらでも逃げられるし、隠れることもできる」

一太郎は自信を見せた。

「そろそろ吉原へ、なにかしらの沙汰があってもよいはずだが。噂も聞こえてこないというのは、ちと怠慢ではないかの。土井大炊頭め、こちらを使うだけ使って、己は動かぬつもりか。一度脅しておかねばなるまいな。おい、誰か」

手を叩いて一太郎が呼んだ。

「へい」

すぐに返答があり、若い紀州屋の手代が顔を出した。

「蔵市《くらいち》を来させなさい」

「へい」

手代が下がっていった。

「お呼びで」

手代の先触れもなく、庭先へ中年の男が現れた。

「普通に廊下を通って来いといつも言っているだろうが」

一太郎が苦笑した。

「御用は……」

蔵市が問うた。

「愛想のない奴だ。まあいい。下手なお世辞より、仕事の成果だ」

表情を引き締めて一太郎が蔵市を見た。

「おまえ、おいらのところへ来たとき、何ができるかと訊いたら、盗人《ぬすっと》ならと言ったな」

「へい」

短く蔵市がうなずいた。

「大名屋敷でも大丈夫か」

「そちらのほうが、その辺の商家より楽で」

問いに蔵市が答えた。

「ほう」

「武家というのは、己たちが最強だとうぬぼれていやすから。誰よりも強い武家が集まる大名屋敷に入りこんでくるような輩《やから》はいないと思いこんでおりやすので、警備も何もござんせん。不寝番でさえ、高いびきで寝ている有様で」

蔵市が口の端をゆがめた。

「老中の屋敷でもか」

「同じで」

確認されて蔵市が保証した。

「ならば、一つ、頼もう。老中土井大炊頭の枕元へ、こいつを置いてきてもらおうか」

一太郎が一枚の紙を差し出した。

「これを……置いてくるだけでよろしいので」

「ああ。あとみょうな色気を出して、そのへんのものを盗んでくるなよ」

「……へい」

釘を刺された蔵市が、一瞬の間を置いて首肯した。

「土井大炊頭の屋敷は去年呉服橋御門内から西の丸下へ移っている。間違うなよ」

念を押して一太郎が教えた。

「では」

懐へ紙をしまいこんだ蔵市が、その足で品川を出た。

品川と江戸は、ゆっくり歩いて一刻《いっとき》（約二時間）ほどで着く。蔵市は暗くなる前に、江戸城廓内へと入った。

さすがに大手御門を過ぎた内曲輪《うちくるわ》までは許されていないが、外曲輪には、庶民でも入ることができた。もっとも江戸城の諸門は暮れ六つ（午後六時ごろ）になると、そのほとんどが閉まってしまう。出入りできなくなるわけではないが、番をしている大番組の士や同心たちに名前を名乗って潜り門を開けてもらわなければならなくなる。盗人がそんなまねをできるはずもなく、蔵市は少し早めに曲輪内に入り、西の丸下土井大炊頭利位《としつら》の上屋敷《かみ》を眺めていた。

「ここか」

老中の屋敷だけあって、人の出入りは多い。藩士たちの表情も主の出世を誇りと思っているのだろう、自信に満ちていた。

「だけにやりやすい」

すっと蔵市は上屋敷の潜り門へと近づいた。

「伊勢屋の番頭でございまする。ご家老さまへご注文のお品を」

蔵市はていねいに門番へ小腰を屈めた。

「伊勢屋か。よし通れ」

すぐに門番が潜り門を開けてくれた。

「……伊勢屋稲荷に犬の糞」

門番から少し離れたところで蔵市が、舌を出した。

江戸で最も多い店の屋号が伊勢屋であった。どこの大名でもまず伊勢屋という商家とつきあいはあった。

「家老の名前も訊きゃあしねえ。よくぞあれで、門番が務まる」

蔵市が嘲笑した。

どこの大名屋敷でも同じだが、塀際に家臣たちの住居が並んでいた。江戸の町中に自前で屋敷を構える裕福な家臣もいたが、ほとんどは藩邸に用意された長屋と称するお仕着せの住居で生活していた。当然、物売りも入る。誰も蔵市に気も止めなかった。

「空き家は……ここか」

藩邸の長屋といえどもすべてが使われているわけではなかった。国元への急な異動などで、空き家となっている長屋もあった。もっとも、藩の役人である屋敷番が数日に一度回ってきて、必要な手入れをしてあるので、荒れることはない。

「一晩ご厄介になりやすぜ」

人気《ひとけ》がないのを見て、蔵市が空き長屋へと忍んだ。

金のかかる灯油、蠟燭《ろうそく》の消費を避けるため、どこも日が落ちると、眠りに就く。大名屋敷の長屋も同じであった。

「お祭りしてやがる」

隣の気配に笑いながら、蔵市が空き長屋から音もなく出た。

お祭りとは盗賊用語であり、男女の閨ごとを表した。閨ごとの後、家人は深く眠りに就くことから、仕事がしやすくなる。盗賊にとってお祭りは縁起ものでもあった。

蔵市は雨樋《あまどい》を使って上屋敷の屋根へ登ると、瓦《かわら》を外した。

「分厚いな」

懐から取り出した小型の鋸《のこぎり》で、屋根板を切りながら、蔵市がぼやいた。

小半刻（約三十分）ほどで一尺（約三十センチメートル）四方の穴が空いた。

「…………」

無言で穴へ入った蔵市は、手足をついた形で鼠のように梁《はり》の上を走り、藩主の居間まで移動した。

「ここだろう」

足を梁にひっかけ、蝙蝠《こうもり》のように逆さとなった蔵市が天井板をずらした。

「あれが土井なんとやらか」

白綸子《しろりんず》の豪勢な夜具にくるまっている土井大炊頭を蔵市が見下ろした。

「寝ずの番は……廊下か。なら、大事ないな」

一太郎から預かった紙を取り出して、天井板の隙間で離す。

舞うように落ちていく紙が、土井大炊頭の枕元付近に来たところで、針を口に含み、噴いた。

「ふむ。ちょっとゆがんだが、まあよかろう」

少し不満を持ちながら、蔵市がもとの空き長屋へ戻った。

多忙な老中の朝は早い。昨日片付けきれなかった案件を、登城までに片付けなければならないからである。

夜が明ける前、小姓が廊下の外から土井大炊頭を起こした。

「お目覚めなされますよう」

同じ言葉を三回繰り返す。

「失礼をいたしまする」

なかからの返事を待たず、洗面の道具を持った小姓たちが、土井大炊頭の寝室へと入った。

「お掃除をつかまつりまする」

主君の寝ている部屋を箒《ほうき》で掃き出した。

「……朝か」

寝ている側でこれだけのことをされれば、どれだけ疲れていても起きあがらざるを得ない。

「ご洗顔を」

小姓が背を起こした土井大炊頭の前へ、輪島塗の洗面桶《おけ》と塩の入った小皿、房楊枝《ふさようじ》を置いた。

「うむ」

覚醒しきっていない頭で、土井大炊頭が洗面桶へ手を入れたところで、小姓の一人が紙切れに気づいた。

「なんだこれは……」

手を伸ばして紙を取ろうとした小姓は、刺さっている針の頭で手を傷つけた。

「あっ……」

「どうした」

小姓の悲鳴に、土井大炊頭が問うた。

「このようなものが……」

針を外した小姓が、紙を差し出した。

「紙ではないか……なにか書いてある……これは……」

一瞬で土井大炊頭の顔色がなくなった。

「吉原……」

書かれている文字を読んだ土井大炊頭が理解した。品川の一太郎を使うのだ。一太郎がどのような男かは重々承知している。

「……町奉行を呼んで参れ」

土井大炊頭が震えながら叫んだ。

「はっ」

小姓が駆けていった。

町奉行は、本来の屋敷より奉行所に隣接する公邸で生活していることが多い。土井大炊頭の呼び出しを受けたのは、南町奉行筒井伊賀守であった。

「急なお呼びだと」

町奉行も激務であり、寸暇もない毎日を送っているが、老中の呼び出しとなれば、別であった。

筒井伊賀守は、朝餉もそこそこに西の丸下までやって来た。

「おおっ。伊賀守。そなたが来てくれたか」

ようやく震えを抑えた土井大炊頭が、歓迎した。

「いかがなされました」

老練な筒井伊賀守である。土井大炊頭の異常に気づいた。

「ちと頼みごとがある」

問いに答えず、土井大炊頭が話を始めた。

「なんでございましょう」

詳細を訊かれたくないと悟った筒井伊賀守が、先を求めた。

「吉原へ手を入れてもらいたい」

「……吉原へ」

さすがの筒井伊賀守も驚愕した。

「なぜでございましょう」

「人身売買の疑いがある」

理由を尋ねた筒井伊賀守へ、土井大炊頭が述べた。

「それはさすがに……」

聞かされた筒井伊賀守が、口ごもった。

「遊郭で人身売買を咎めるのはちと……。御免色里吉原には、神君さま以来の伝統もあり……」

家康のころから見逃されてきたのを、掘り返すのは、無理があると筒井伊賀守が言った。

「だからといって法を無視してよいわけではない」

「それはそうでございまするが」

筒井伊賀守が二の足を踏んだ。

「旗本の娘が、吉原で春をひさいでいるらしいのだ」

土井大炊頭が告げた。

「それはまことで」

筒井伊賀守が驚いた。

「うむ。証左もある」

側に控えていた小姓へ、土井大炊頭が目配せした。

「これを見るがいい」

土井大炊頭がかつて一太郎より渡された書付を出した。

「拝見つかまつる」

「吉原へ娘を売った旗本どもの名前じゃ」

「これほどに……なんと、五百石取りまでおるではございませぬか」

さすがの筒井伊賀守も声をあげた。

「旗本の娘が、町人どもに蹂躙《じゅうりん》されておるのだぞ。これを放置しておくのは、幕府の根本にもかかわる」

「……たしかに」

筒井伊賀守も同意した。

「しかし、吉原には神君より御免色里のお許しが出ておりまする」

「わかっておる。なにも吉原を潰すわけではない。違法な人身売買をおこなっている楼主どもを排し、代わりに御上の息のかかったものに任せるのだ」

土井大炊頭が案を口にした。

「なるほど。吉原を内側から操ろうと」

納得したと筒井伊賀守が膝を叩いた。

「操るなど、人聞きの悪いことを言うな。畏れ多くも神君家康さまのお墨付きを与えられた吉原ぞ。その名誉を保つため、幕府が目を付けておこうというだけぞ」

話しているうちに落ち着いたのか、土井大炊頭の声音《こわね》が強くなった。

「失礼をいたしました」

筒井伊賀守が詫びた。

「やってくれるな」

「…………」

確認された途端、筒井伊賀守が沈黙した。

「どうした」

「有り様を申しあげまするが、難しゅうございまする」

筒井伊賀守が首を横に振った。

「なぜじゃ」

「吉原から、毎月、かなりの金が与力同心どもへ流れておりまする」

「賄《まいない》ではないか」

訊いた土井大炊頭が激した。

「仰せのとおりでございまするが、それを認めてやらねば、たかが三十俵二人扶持の同心の禄では、とても役目を果たせませせぬ。この広大な江戸を守るに、与力は南北で五十騎、同心は二百四十人しかおりませぬ。手の足りぬぶんは、与力同心どもが私費で賄っている小者たちに頼るしかなく、そのための金が……」

「金か……」

説明されて土井大炊頭が唸った。

老中になってもっとも最初に教えられるのは、幕府にどれだけ金がないかということである。先任の老中と勘定奉行に連れられて、城中の金蔵へ案内され、床板が見えそうなほど空いている状況を確認させられるのだ。

「この金蔵を見たうえで、政の案を出されよ」

先任の老中が、必ず新任へ言う言葉である。要するに、金のかかる新しいことはするなと諭しているのだ。

土井大炊頭も金のない辛さはよく知っていた。

「それに、町方の仕事は、他の者にまねのできぬややこしいもの。代々、町方の家柄であればこそなんとか務まっておりまする。賄賂だと断じて与力同心をすげ替えれば、その翌日、南北の町奉行は腹切ることになりましょう」

余人に代えるわけにはいかないと筒井伊賀守が告げた。

「しかし、このままではいかぬのだ」

ふたたび土井大炊頭が、焦り始めた。

「なにか手を考えろ。そうだ、目付と徒目付を……」

「それはご遠慮願いまする。吉原は町奉行所の管轄。目付に出張られては、わたくしと大草安房守の立つ瀬がございませぬ。やはり、即日お役を引かねばならなくなりまする」

筒井伊賀守が頼んだ。

「では、手がないと申すか」

土井大炊頭が、いらだった。

「わたくしがなんとかいたしまする」

ちらとうかがうような目で筒井伊賀守が土井大炊頭を見た。

「なんとかできるか」

「はい」

力強く筒井伊賀守がうなずいた。

「よろしく頼む。もちろん、成し遂げてくれれば、それなりのことはしよう。御上はいつでも有為の者を求めておる。この難題をこなせるほどならば、町奉行ではもったいない。

留守居か、大目付、いや、寺社奉行にこそ、ふさわしい」

大きな餌を土井大炊頭がぶら下げた。

「あと手入れをする日が決まれば、こちらに報せるように。あらたに吉原の面倒を見させる者も同行させる」

「御上が吉原を支配されるのでは」

「たわけ。遊女などという汚らわしきものに御上が直接携われるはずもなかろう」

疑問を呈した筒井伊賀守を土井大炊頭が、怒鳴りつけた。

「見識のないことを申しました」

三度、筒井伊賀守が平伏した。

「行け」

追い払われるように、土井大炊頭の屋敷を下がった筒井伊賀守は、役宅へ戻ると用人を呼んだ。

「ご老中さまのお呼び出しは、いかがでございました」

用人が問うた。

「ようやく儂にも運が向いて参ったわ」

笑いながら筒井伊賀守が述べた。

「それはようございました。で、なにを」

祝辞を述べてから、用人が詳細を問うた。

「伊戸田《いとだ》と中村《なかむら》をこれへ」

「ただちに」

命じられて用人が去った。

「来たか」

中断していた朝餉を再開していた筒井伊賀守のもとへ、二人の家臣が膝をそろえた。

「御用で」

歳上の伊戸田が代表して問うた。

「うむ。そなたたち、内与力《うちよりき》になってどのくらいになる」

飯を喰いながら筒井伊賀守が訊いた。

「十五年になりまする」

「八年目に入りましてございまする」

伊戸田と中村が答えた。

内与力とは、町奉行となった旗本と、町方与力同心との間を円滑にするため、選ばれた者である。内与力には、町方与力と同等の権を与えられるが、まず捕り方の指揮をすることもなく、各所との調整などをおこなった。家臣のなかでもとくに世事に長けた者が任じられる、いわば町奉行の懐刀であった。

「そうか。ならば、吾が手足とした同心はおるか」

「手足と申されますと、わたくしめの命に諾々《だくだく》と従うとの意でございましょうか」

主君の言葉に伊戸田が確認をした。

「うむ」

「でございますれば、二人は」

伊戸田が言った。

「わたくしは、一人……」

申しわけなさそうに、中村が顔を伏せた。

「少ないの」

食べ終わった椀を膳へ置いた筒井伊賀守が苦い顔をした。

「申しわけございませぬ。なにぶんにも町方は独特でございまして」

主君の不興へ、伊戸田が言いわけした。

「そのようなこと言われずともわかっておるわ」

「ご無礼を申しました」

より一層の怒りを買って、伊戸田が引いた。

「まあよいわ」

筒井伊賀守が怒りを鎮めた。

「おまえたちは、籠絡《ろうらく》した同心を連れて出かける用意をいたせ。他の与力同心には知られぬようにな。余も同道する」

「どちらへ参るのでございましょうや」

伊戸田が尋ねた。

「吉原じゃ。吉原を抑える」

宣するように筒井伊賀守が言った。

三

町方同心小宮山《こみやま》幾《いく》ノ進《しん》は、内与力伊戸田からの呼び出しを受けた。

「なにか」

中年にさしかかった小宮山は、伊戸田の前で膝をそろえた。

「少し手伝って欲しいことができた」

伊戸田から、話を聞かされた小宮山が絶句した。

「……無茶な」

「わかっておる。町方にとって吉原が触るべからずの地だとは知っている。だが、お奉行の命なのだ」

「いかにお奉行さまのお言葉といえども、吉原への手出しはできませぬ」

頑強に小宮山は抵抗した。

「だからこそ、隠密裡《おんみつり》におこなうのだ」

「できませぬ。いかに伊戸田さまのお話でも、こればかりは」

小宮山は拒否した。

「ならぬ。従わねば、大番組《おおばんぐみ》へ移すぞ」

伊戸田が脅した。

町方とはいえ、同心には違いなかった。非常にまれではあるが、大番組同心、鉄炮組同心など、他へ転出していくこともあった。

「そんな……」

言われた小宮山が、泣きそうな顔をした。

同心の禄はどこともほとんど変わりがない。幕府でもっとも薄禄なのだ。しかし、町方同心だけが、紺足袋《こんたび》を履けるほどに裕福であった。

紺足袋とは、その名のとおり、紺色に染めた足袋である。乾燥した江戸の町には埃《ほこり》が多い。紺足袋など一度履いただけで、真っ白になる。それを町同心は洗わず、惜しげもなく捨てるのだ。

「洗えば色落ちする。そんな恥ずかしいものを履けるか」

同心たちは、こううそぶいて、毎日新品の紺足袋をおろしていた。もちろん、紺足袋は、白足袋より染める手間のぶんだけ高い。紺足袋だけではない。名人と名の付いた職人が作った煙管《きせる》や、根付けを身に着け、食いものでも毎日魚を食し、酒を飲む。とても三十俵二人扶持で賄える生活ではない。

町方同心は誰もが、身分以上の贅沢をしていた。

そのもととなるのが、付け届けであった。

付け届けとは、大名旗本、商家などから町奉行所へ差し出される節季ごとの挨拶金のことだ。大名旗本は家臣が、商家の場合は主人と奉公人が、なにかのもめ事に巻きこまれたとき、町奉行所にうまく取りはからってもらうため、それぞれの規模に応じた金を、親しくしている与力同心へ渡す。これが町奉行所に集められ、すべての与力同心で分ける。江戸中から徴収しているに等しいのだ。金額はかなりになる。与力同心、何年現役をしているかで多少の変化はあるが、確実に本禄をしのぐ。

町方から異動すると、これの配当がなくなってしまう。小宮山が困ったのも当然であった。

「しかし、吉原はもっとも金をくれておりまする。吉原に手出しをして、付け届けがなくなれば、わたくしは町奉行所の皆から責められまする」

「心配するな。吉原は、御上のもとへ移る。今後町奉行にはかかわり合いがなくなる」

「御上が……」

「我らの後ろには町奉行さまだけではなく、もっと上のお方がついておられるとわかったであろう。心配するな。もちろん、うまくいけば、それなりの褒賞は与える。定《じょう》町廻り同心にしてやろう。定町廻りになれば、付け届けだけでなく、出入りもできる」

伊戸田が誘惑した。

出入りとは付け届けによく似ていながら、別ものであった。付け届けは町奉行所に納めなければならないが、出入りは己のものとできた。

主として商家が出入り先となり、家族や店の奉公人が罪を犯したのを、内済ですませてやるのだ。相手方のあることなので、町内に顔の利く定町廻り同心でなければ意味がない。

町方のなかでも定町廻り同心は、そのおかげもあってとくに裕福で、妾《めかけ》を囲っている者も多かった。

「定町廻りへ……」

南北合わせて百二十人いる同心のうち、定町廻りはわずか十二名しかいない。まさに同心のなかの同心、町奉行所の花形であった。

「明日朝、吉原の泊まり客が帰る四つ（午前十時ごろ）、目立たぬよう見返り柳まで参れ。気づかれぬよう、普段どおりにいたしておれよ」

「……はっ」

小宮山が首肯した。

伊戸田と別れた小宮山は、町奉行所を出て見廻りに出た。

高積《たかづみ》見廻りの仕事は、荷崩れによる事故を防ぐため、江戸の町に積まれている荷の高さを見張ることである。

町奉行所を出た小宮山は、大川端《おおかわばた》に並ぶ廻船問屋の積み荷を検分していた。

「小宮山」

「おう、高藤《たかとう》か」

声をかけてきたのは、同じ町同心で町会所掛《がかり》である高藤語作《ごさく》であった。

町会所掛は、町会所へ出向いて、積金《つみきん》の収集監査、窮民救済などを任としていた。町会所は勘定奉行の管轄でもあるため、実務はそちらが担当し、町奉行の出役は立ち会いだけとなっている。高積見廻り同様、閑職であった。

「おぬしも誘われたか」

「ああ。定町にしてくれるそうだ」

高藤が小さく笑った。

「偉そうな口をきいてくれたよな。内与力とはいいながら、そのじつは、筒井家の家臣ではないか。陪臣よ。それが、我ら直参《じきさん》に対し、命を下すなど……」

「うむ。分を知らぬにもほどがある。なにより、我らを定町という餌で釣れると思っておるところが浅はかだ。町方同心は代々の職。八丁堀《はっちょうぼり》は皆親戚みたいなもの。そこで一人変に出世などできるものか。いずれ退職していく町奉行などどうでもよい。我らの忠義は、八丁堀にこそある」

滔々と小宮山が述べた。

「では、拙者は吉原会所へ話をしてくる。小宮山は……」

「筆頭与力さまへお報せする」

二人は顔を見合わせた。

翌朝、時刻どおりに小宮山が見返り柳へ着いたとき、すでに筒井伊賀守一行は来ていた。

「遅れました」

あわてて小宮山は小走りになった。

「遅いぞ」

苦い顔で伊戸田が叱った。

「そろったか」

小宮山など眼中にないと、筒井伊賀守が口を開いた。

「はい」

伊戸田がうなずいた。

「よし、まずは吉原惣名主西田屋へ参るぞ」

筒井伊賀守が手を振った。

「南の小宮山さまでございますな」

歩き出した小宮山は、一行に加わっている町人から声をかけられた。

「さようだが、そなたは」

「品川で廻船問屋を営んでおります紀州屋一太郎と申しまする。以後お見知りおきを願いまする」

一太郎が名乗った。

「では、そなたが吉原の……」

狂い犬の一太郎の名前を知らない町方はいない。小宮山が目を剝いた。

「はい。今日より吉原惣名主となりまする」

下卑た笑いを一太郎が浮かべた。

「そうか。よしなにな」

そそくさと小宮山が離れていった。

「小者め」

一太郎が吐き捨てた。

筒井伊賀守の一行が大門を潜ったとき、吉原会所から忘八が一斉に飛び出してきた。

「失礼でございますが、大門内はどなたさまでも乗りものから降りていただくのが決まり」

筒井伊賀守の騎乗を忘八が咎めた。

「失礼なことを申すな。このお方を南町奉行筒井伊賀守さまと知ってのうえか」

伊戸田が、大声で怒鳴りつけた。

「それはお見それをいたしました。ですが、廓内は世間さまとは違ったところ。世俗のご身分のお持ちこみはご遠慮願いまする」

臆《おく》することなく忘八が述べた。

「こやつ。無礼な」

刀の柄《つか》へ伊戸田が手をかけた。

「お止めになられたほうがよろしゅうございやすよ。大門内でのことは、大門内ですませるのが掟《おきて》。斬られ損で」

冷たい声で忘八が言った。

「まだ申すか。下人風情が」

伊戸田が太刀を抜いた。

「神君さまのお墨付きをもってある吉原で、刀を抜かれる。これがどういうことかおわかりじゃございませんか」

忘八が筒井伊賀守へ問いかけた。

「…………」

筒井伊賀守が返答をしなかった。

「さようでございますか。おい、かまわないから全員やってしまえ。あとの始末は心配するな。しきたりを破るというのは、御免状に刃向かうも同じ」

「伊戸田、太刀を納めろ」

馬から降りた筒井伊賀守が言った。

御免状を出されては、どうしようもない。

「おわかりいただけて助かりましてございまする」

ふたたび口調をていねいにして、忘八が頭を下げた。

「で、どちらの見世へお揚がりで」

「西田屋甚右衛門に用がある。案内いたせ」

筒井伊賀守が命じた。

「へい。どうぞ、こちらで。おい、誰か先触れに行け」

忘八が歩き出した。

四

「お出《い》でなさいませ」

見世の前で西田屋甚右衛門が筒井伊賀守を出迎えた。

「どうぞ、狭いところではございますが、奥へ」

西田屋甚右衛門が、筒井伊賀守一行を見世の奥、庭に面した茶室へと案内した。

三浦屋四朗左衛門の茶室より質素ではあったが、大名を迎えることもある。西田屋甚右衛門の茶室も十分に立派であった。

「今茶を……」

「要らぬ」

にべもなく筒井伊賀守が断った。

「さようでございますか。では、さっそくでございまするが、ご用件を」

「吉原惣名主の座をこの紀州屋へ譲り、隠居いたせ」

問う西田屋甚右衛門へ筒井伊賀守が宣した。

「お断りしまする」

西田屋甚右衛門が間髪を入れず拒否した。

「吉原惣名主の地位は、創始者庄司甚右衛門の血を引く者が代々受け継いでいくもの。他のお方にお譲りすることはできませぬ」

「町奉行の命である」

「神君御免状をちょうだいしたのは、わたくしの家でございまする」

押しつけようとする筒井伊賀守へ、西田屋甚右衛門は早々に切り札を使った。

「おのれ、すなおに言うことを聞いていればよいものを。西田屋甚右衛門、人身売買の廉《かど》でそなたを捕まえる。おとなしく縛に付け」

「人身売買……はて、なんのことやら」

西田屋甚右衛門が首をかしげた。

「証左はあがっておる。そなたの見世に旗本の娘がおるはずじゃ」

「お旗本の娘さまが……そのようなことはございませぬ。わたくしの見世におります者は、皆、町人の出、それも二十八までの年季奉公。人身売買などとんでもない」

筒井伊賀守の言葉に、西田屋甚右衛門が笑った。

「よいのだな。おい」

「はっ」

伊戸田が、懐から書付を出した。

「外山郁《そとやまいく》、大崎多可《おおさきたか》。立川《たてかわ》さおり」

書かれている名前を伊戸田が読みあげた。

「知らぬとは言わさぬぞ」

伊戸田が、強く言った。

「知りませぬな」

はっきりと西田屋甚右衛門が宣した。

「わかった。では、町奉行として遊女どもの検分を致す。よいな」

筒井伊賀守が念を押した。

「どうぞ」

西田屋甚右衛門が認めた。

「よろしく願おう」

一人じっと座っていた侍へ、筒井伊賀守が頼んだ。

「お任せを」

言われた侍が立ちあがった。

「こちらは、御家中ではございませんので」

言葉遣いから西田屋甚右衛門が悟った。

「そうじゃ。旗本二百七十石、加登谷伊右衛門《かどやいえもん》どのだ。加登谷どのは大崎と立川の知己である。多可とさおりの顔をよくご存じである。嘘でごまかそうとしても無駄だと、わかったか」

筒井伊賀守が勝ち誇った。

「初めてお目にかかりまする。西田屋の主甚右衛門でございまする」

ていねいに西田屋甚右衛門が挨拶をした。

「…………」

加登谷が西田屋甚右衛門を無視した。

「見世へ参るぞ。小宮山先導いたせ」

「はっ」

小宮山が先頭に立って、茶室から見世へと一同が移動した。

「妓《おんな》どもは二階でございまする」

「よし。加登谷どの」

「承知」

階段を加登谷が駆《か》けのぼった。

「きみがてて」

忘八が気遣わしげな声を出した。

「気にしないでいいよ。ちゃんと今日も見世を開けるから、用意をね。お客さまにご迷惑をかけては、西田屋の面目がない」

「へい」

西田屋甚右衛門に諭されて、忘八が手配をしに去っていった。

「おらぬ。おりませぬぞ」

四半刻（約三十分）もかからず、加登谷が二階から降りてきた。

「なにっ」

「そんなはずはない」

筒井伊賀守と伊戸田が、驚愕した。

「ですが、大崎多可も立川さおりも、見当たりませぬ」

加登谷がもう一度否定した。

「西田屋どういうことだ」

ずいっと筒井伊賀守が、西田屋甚右衛門へ迫った。

「どういうことだと申されましても、そのような者は最初からおりませぬ。おらぬ者が見当たらぬのは当然だと思いまするが」

西田屋甚右衛門がうそぶいた。

「証文を出せ」

筒井伊賀守が手を出した。

「よろしゅうございますが、これはすべてわたくしどもの見世で奉公している者の年季証文でございまする。見世からの持ち出しはご遠慮願いまするし、万一棄損でもございましたら、そのぶんの弁済をしていただくことに」

「ぐずぐず言わずに出せ」

いらついた筒井伊賀守が怒鳴った。

「どうぞ」

帳場の奥にある金庫から、西田屋甚右衛門が書付の束を出した。

「小宮山、調べよ」

「はっ。西田屋、妓を集めてくれるように」

「しばしお待ちを。おい」

西田屋甚右衛門が、忘八へ合図をした。

しばらくして西田屋の見世一階に妓が集められた。

「伊戸田。妓が隠れておらぬかどうか、見て参れ」

「はっ。見て参りまする」

命じられた伊戸田が、二階へと向かった。

「名前を読みあげられた者は返答をいたせ。返答した者は、こちらに来て、このお旗本加登谷さまに顔を見せ、なにも言われなければ、部屋へ戻っていい」

書付を手にした小宮山が説明をした。

「浅草門前町、治郎吉《じろうきち》娘、竹《たけ》」

「あい」

呼ばれた妓が裾《すそ》を巧みに操って前へ出てきた。

「行け」

短く加登谷が手を振った。

「ごめんをくだしゃんせ」

あでやかにほほえんで竹が二階へと上がっていった。

入れ替わるように降りてきた伊戸田が、無言で首を振った。

「次、日本橋小網《こあみ》町一丁目　屋兵衛《やへえ》妹、すみ」

「あちきでありんす」

客が帰ったばかりなのか、身形《みなり》の崩れた妓が返答した。

「違う。寄るな」

汚いものを見るようにして、加登谷が言った。

「つれないこと」

応えもせず、すみが下がっていった。

次々と妓の面体《めんてい》改めが進んだ。

「これで全部でございまする。証文と妓の数、狂いございませぬ」

「馬鹿な……西田屋、どこへ隠した」

語気も荒く、筒井伊賀守が迫った。

「これだけお調べになられても納得していただけませぬか」

あきれた口調で西田屋甚右衛門が述べた。

「なにをした。西田屋」

筒井伊賀守が、低い声を出した。

「お疑いは心外でございまする。さすがに、これ以上は応対のいたしようがございませぬ」

「わかった。町奉行として、命じる。西田屋は一月《ひとつき》の間商いを禁ずる」

「理由をお聞かせいただきましょう」

「町奉行の命に従わなかったからだ」

西田屋甚右衛門の質問に、筒井伊賀守が答えた。

「さようでございまするか。では、お帰りを。見世を閉めなければいけませぬので。おい、皆、今日から休みになるから、お馴染みさまのところへ、お断りを入れておいで」

「今日、お見えになるお馴染みさまもお断りでござんすか」

「ああ。馴染みの妓たちに文《ふみ》を書かせなさい。それを持ってお詫びに行ってきておくれ」

「へい」

引き受けた忘八が、階段の下から叫んだ。

「桔梗《ききょう》さん、あやめさまに本日のご来訪をお断りする文を尾張さまあてに書いてくれないかと伝えてくれ。きみがてての指示だ」

きみがててとは、吉原惣名主の別名である。きみ、すなわち遊女たちのてて、父という意味であった。

「あい。お伝えするでありんす」

階段の上から、桔梗が顔を出した。

「藤乃《ふじの》さん、りんずさまへ文をお願いしておくれ。そう、本日お見えのはずだった出雲屋《いずもや》さんへお断りの手紙を」

「承りましたでありんす」

やはり二階から顔を見せた藤乃が応じた。

「西田屋」

筒井伊賀守が呼んだ。

「まだなにか。畏れ入りまするが、ちと心急《せ》きでございますので、ここで失礼をさせていただきたく」

冷たく西田屋甚右衛門があしらった。

「尾張さまとは」

「御三家尾張の御当主、徳川権《ごん》大納言さまのことでございますが」

「出雲屋とは……日本橋の札差出雲屋か」

「はい。御三家、御三卿《さんきょう》お出入りの出雲屋さまで」

問いに西田屋甚右衛門がうなずいた。

「ご老中方とも親しい……」

大きく筒井伊賀守が息を呑んだ。

「さようで。おい。会所へ西田屋は一月《ひとつき》の間、見世を閉じますと通達に行っておいで。振りでお見えになるお客さまへ、ご迷惑がかかってはいけないから、会所前に立て札をあげてもらわなきゃいけないからね」

「承知いたしました」

忘八の一人が、勢いよく見世を駆け出そうとした。

「ま、待て」

あわてて筒井伊賀守が止めた。

「なんでございましょう」

白々とした顔で西田屋甚右衛門が訊いた。

「見世を閉じなくともよい。一度帰ってから、あらためて使いを出す。それまでは、今までどおりでかまわぬ」

筒井伊賀守が述べた。

「さようでございますか。おい。文は書かなくていいよ。見世を開ける用意をしなさい」

すぐに西田屋甚右衛門が、指示を撤回した。

「帰る」

そそくさと筒井伊賀守が出て行った。

「殿」

「お奉行」

あわてて伊戸田と小宮山らも続いた。

無言で出て行こうとした一太郎を、西田屋甚右衛門が呼び止めた。

「紀州屋さん」

「あまり手を伸ばし過ぎられるのは、よろしくございませんよ。拡げすぎたお店は、弱いもので」

「いつまでも古い暖簾《のれん》にこだわっていて、固まってしまうよりはいいと思うがな」

一太郎も言い返した。

「御免状などといったところで、たかが紙切れ。なくならぬとはかぎるまい」

「認められてもいない血にすがるよりは、ましでございましょう」

「なにっ」

厳しい皮肉に、一太郎が気色《けしき》ばんだ。

「廓内でおやりになられますか。ここは場末の品川ではございませんよ。苦界吉原の内。忘八たちとやり合ってみなさるか」

「……くっ」

いつのまにか、一太郎の周りを忘八が取り囲んでいた。

「このままではすまさぬぞ」

一太郎が捨て台詞《ぜりふ》を吐いた。

「こちらも、終わらせるつもりはございませぬ。紀州屋さん、二度と大門を潜られぬように。吉原は敵対する者に容赦はいたしませぬ」

「…………」

西田屋甚右衛門を睨みつけて、一太郎が見世を出た。

「長らくのご贔屓《ひいき》ありがとうございました」

一太郎の背中に、西田屋甚右衛門が頭を下げた。

吉原大門を潜って、ようやく筒井伊賀守一行は肩の力を抜いた。

「よろしいのでございますか」

伊戸田が問うた。

「いたしかたあるまい。いかにご老中土井大炊頭さまのご命であったとはいえ、何も出なかったのだ。これ以上のことはできまい。なにより、御三家や出雲屋を敵に回すわけにはいかぬ。それに出雲屋からは、金を借りているのだ」

頰をゆがめながら筒井伊賀守が首を振った。

「大炊頭さまも、この二人の名前を聞けば、これ以上の無理は申されぬであろう。とにかく別に指示があるまで、吉原には手を出すな」

「しかし……」

口を出したのは、加登谷であった。

「大崎も立川もおらなかった。拙者は両家の親から、まちがいなく西田屋へ養女に出したと聞いておる。なのに、誰もおらぬなどみょうではないか。まさか、口をふさぐために殺したというようなことはないだろうな」

「今はどうにもできぬ。吉原の大門内は常世《とこよ》ではない。客としてではなく、住人として大門を潜った者は、俗世から縁を切られるのだ。生死などわからぬ」

「伊賀守どの」

「ええい。儂はなにも知らぬ。もう、吉原にかかわるのは止めじゃ」

まだすがる加登谷の話を聞きたくないと、筒井伊賀守が大きく声を張りあげた。

「高い金を払ったのに加登谷も役にたたねえ。なんにせよ、このままでは、終わらぬ」

口争いをしている筒井伊賀守と加登谷を醒《さ》めた目で見ながら、一太郎が呟いた。


品川へ戻った一太郎は、番頭を呼んだ。

「蔵市の他に他人の屋敷へ忍びこむのが得意な奴はいないか」

「三人ほど心当たりがございますする」

番頭が答えた。

「よし。そいつらを吉原へ行かせろ。西田屋の客として揚がれと言え。そのあと西田屋を探って、御免状を盗んでこいと命じるんだ。見つからなければ、見世ごと焼いてしまえ」

一太郎が命じた。

「御免状さえなければ、吉原など岡場所と同じ。忘八どもも御免状の守護がなくなれば、町奉行所の手で捕まえられる。忘八を失った吉原を支配するなど、赤子《あかご》の手をひねるよりも簡単だ。西田屋、おいらを馬鹿にしたつけ、その身体で存分に味わってもらうぞ」

二つ名にふさわしいまがまがしい目つきで、一太郎が笑った。

吉原でも西田屋甚右衛門が動いていた。

「このままで終わるほど、狂い犬は甘い男じゃないからね。客には十分気をつけるんだよ。とくに、初見の客は注意するようにね。狂い犬の息がかかっているかも知れないから。目を離すんじゃないよ」

「へい」

西田屋甚右衛門の指示に忘八がうなずいた。

「あと、榊さまをお呼びしておくれ。少しお話ししたいことがあるからと言ってね。粗相のないようにしなさい」

「ただちに」

忘八が駆け出した。

呼び出しを受けて、すぐに扇太郎は吉原へ向かった。

「用だそうだが」

「ご足労をおかけしまする。急ぎでございますので、ただちにお話を」

待っていた西田屋甚右衛門が、さきほどの一件を話した。

「なるほどな。町奉行を使ってきたか。となれば、一太郎の後ろには、それ以上の大物がいると」

「でございましょう」

西田屋甚右衛門が同意した。

「もう一度来ると思うか」

「いいえ。町奉行がだめだったのでございまする。今更目付を出すわけにも行きますまい。なにより、目付は気位が高い。町奉行所の尻拭いなどいたしませぬ。それに、吉原は不浄の地。お旗本のなかのお旗本といわれる目付衆が、足を踏み入れるのは、矜持が許しますまい」

ゆっくりと西田屋甚右衛門が首を振った。

「となると……」

「御上ではなく、一太郎が相手ということになりましょう」

西田屋甚右衛門が告げた。

「吉原を襲うほど、馬鹿でもあるまい」

浪人崩れ、凶状持ちと忘八の多くは、人を殺すことを屁とも思っていなかった。

「力押しで来るならば、まったく怖くはございませぬが……」

忘八の力をもっともよく知っているのは、吉原惣名主である。西田屋甚右衛門の表情が曇った。

「そういえば、見世にいた旗本の娘はどうした」

ふと扇太郎は思い出した。

「女を隠すには女のなか。妓を隠すには妓のなかで」

西田屋甚右衛門が笑った。

「他の見世に預けたか。で、拙者を呼んだのは、経過を教えてくれるためか」

「それもございまするが。一太郎が吉原へ目を向けている間こそ、榊さまは品川へ行かれるべきではないかと存じまして」

好機であると西田屋甚右衛門が勧めた。

「かたじけない」

気遣いに扇太郎は感謝した。

「未助《みすけ》、歌太郎《かたろう》。榊さまのお手伝いをしなさい」

「へい」

「お任せを」

西田屋甚右衛門の後ろにいた忘八二人が、応じた。

「いいのか。外に出るのはまずいだろう」

見世の看板である半纏《はんてん》を着ていれば、たとえ人殺しで手配されている者でも、町奉行所は手出ししてこない。だが、そんな目立つ格好で品川へ入れば、すぐに一太郎の耳へ入ってしまう。

「ご懸念にはおよびませぬ。この二人は、凶状持ちじゃございません。吉原の遊女が産んだ男でございましてな。生まれたときから忘八となるべくして育てられた者。半纏を脱いだところで、捕まる心配はございません」

気遣いは要らないと西田屋甚右衛門が述べた。

「なにより、守りだけの吉原だと勘違いされても困りますからな。吉原を吾がものになどと愚かなことを考える輩が二度と出てこないように、見せしめといたさねばなりませぬ」

「吉原が攻勢に出るか。わかった。では、遠慮なく頼もう。闕所物奉行榊扇太郎だ。よろしく頼む」

「とんでもないことで」

頭を下げる扇太郎に、忘八たちがあわてた。

「このまま品川へ向かわれますか」

西田屋甚右衛門が問うた。

「今からならば、品川に着いたころには日も落ちていよう。暗闇は地の利のないところでは、敵になる。明日の朝早めに出よう」

「承知いたしましてございまする。ならば、明日の五つ（午前八時ごろ）に、二人を榊さまのお屋敷までお迎えにあがらせまする」

「そうしてくれると助かる」

扇太郎は礼を述べた。

「では、これで」

用件をすませた扇太郎は、賑わい始めた吉原を後にした。

「一太郎も悪い相手に喧嘩《けんか》を売ったな」

立ち止まって扇太郎は大門を振り返った。

遊客たちが、気もそぞろな風で、廓内へ入っていく。

「極楽の裏にあるものが、顔を出した。吉原の真の姿、どれほどのものか、身に染みて知るがいい、一太郎」

扇太郎は、ゆっくりと歩き出した。

第五章　品川の顔役

一

　早朝、扇太郎は吉原の忘八二人とともに、品川へと向かった。

「品川宿には行ったことがないのだが、どうなのだ」

　幕臣は許可なく旅に出ることが許されていない。また、八十俵の貧乏暮らしである。品川で遊興にふけるなどしたこともなかった。なにより橋を渡れば、江戸一繁華な両国なのだ。芝居、見せ物、食事に酒、女と品川へ出向かなくとも、十分にそろう。

「さようでございますなあ。両国より静かで、日本橋より寂しい。こういった感じでございましょうか」

　西田屋甚右衛門から付けられた忘八の一人、未助が答えた。

「江戸町奉行所の目が届きませぬので、お膝元と違ってかなり緩いところでございまする」

　もう一人の歌太郎が述べた。

「緩いとはどういうことだ」

　説明してくれと扇太郎は求めた。

「同時に二人以上の妓を弄《もてあそ》んだり、まだ月のものを見てもいない子供を抱いたり、吉原《さと》では許されないような遊びでも金さえ出せばできるということで」

　苦い顔で未助が述べた。

「やりたい放題か」

　汚れたとばかりに、扇太郎は耳をこすった。

「他にも朝昼晩にかかわらず開いている博打場もございまする」

　歌太郎が言った。

「品川は代官支配か。手が届かないのも無理はない」

「届かないのじゃございませぬ。届かないようにしているので」

「金だな」

　未助の言葉に、扇太郎は応じた。

「へい。昨今のお武家さまは、同じ金気《かなけ》でも、刀より黄白《こうはく》がお好みで」

皮肉な笑いを歌太郎が浮かべた。

「耳が痛いな」

扇太郎は苦笑した。闕所物奉行となってから、扇太郎も天満屋孝吉の差し出す金を遠慮することなく懐に入れている。

「これは……申しわけございませぬ」

あわてて歌太郎が詫びた。

「気にしちゃいねえよ。そのとおりだからな。武家の誇りも家名の誉《ほま》れも、金があってこそだからな。人は生きて行かなければならない。生きていればこそ、明日がある。希望もある。夢も見られる。だが、生きるには金が要る」

「まったく」

「おっしゃるとおりで」

歌太郎、未助が同意した。

家族が生き長らえるため苦界へ身を沈めた女を母とする二人である。金への恨みは生まれたときから身に刻まれていた。

「話を戻そう。品川のことをなんでもいい、教えてくれ」

沈痛な雰囲気を、扇太郎は変えようとふたたび質問へと返った。

「へい。品川は家の数およそ一千五百、飯盛女の名目で妓を置いている旅籠《はたご》という名の遊女屋が、ざっと八十軒」

「八十もあるのか」

　末助の話に、扇太郎は驚いた。

「多くはございませんよ。江戸の岡場所はこの十倍じゃききやせん」

「そうなのか」

「吉原しか認められていない江戸で、数百の隠し売女《ばいじょ》見世がございますんで。品川は宿場で、江戸じゃないんで、本来はもっと多くておかしくはございません。なんせ、江戸から十分日帰りできる距離なんでございますよ」

「言われてみればそうだな」

　扇太郎は歌太郎の言葉に納得した。

「その遊女屋のほとんどを一太郎が、牛耳っているので」

「そいつはすごいな」

　東海道一番目の宿場といったところで、品川は江戸の日本橋から二里（約八キロメートル）しか離れていない。

　一日でも泊まりの数を減らして、費用を節約するのが、旅の根本なのだ。東海道を上り下りする旅人にとって、品川は意味のない宿場であった。

「品川へ集まる人は、大きく分けて二つで。一つは旅立つ家族や知人を見送るため。この場合はほとんど高輪大木戸《たかなわおおきど》前の茶店で水盃を交わすだけで泊まりやしません。もう一つが、妓を買うため、海の近い品川でうまいものをと考える連中の宿泊で。品川宿場にとって、こちらが主たる金蔓《かねづる》」

「なるほどな。その遊女屋を握っている一太郎が、品川を抑えて当然か」

「さようで」

歌太郎がうなずいた。

「宿場まるまるが敵」

大きく扇太郎は嘆息した。

「地の利は完全にあちら。こっちが持っているのはときの利だけか」

見えてきた細川家下《しも》屋敷の大屋根を、扇太郎は見上げた。

「ここが大木戸になりまする。この先は一太郎の縄張りで」

「ああ」

品川の宿場の寸前に大木戸はあった。もともとは夜陰に乗じて江戸へ入り、幕府転覆を企む者を防ぐため作られた。

明け六つ（午前六時ごろ）から暮れ六つ（午後六時ごろ）まで開かれた。江戸の町木戸と違い、閉門以後の通過は急使と医者以外認められていない。

「逆に言えば、この大木戸までしか、一太郎の手は伸びませせぬ」

「ここまで逃げてこいと」

「はい。わたくしどもがときを稼ぎますので」

未助が宣した。

「わかった」

見捨てて逃げられるかと反発したところで、未助と歌太郎が認めるはずもなかった。忘八は死兵なのだ。死を恐れることはない。吉原を守るために命を投げ出すのが、忘八の真実の目的であった。

「では、あっしたちは、ちょっと離れやす」

まとまっていると一気に囲まれてしまいかねない。

「おいらが先に」

未助が最初に大木戸を潜った。

「どうぞ」

「ああ」

促されて扇太郎は、品川へと足を踏み出した。

品川の宿場は、思っていたよりも小さかった。

「お武家さま、いい妓がおりやすよ。今朝からまだ一人も揚がっちゃいませんぜ」

すぐに客引きが扇太郎へ声をかけた。

「いくらだ」

わざと扇太郎が乗った。

「お昼までもう間もございませんので、無茶は申しません。二朱《にしゅ》お願いしやす」

客引きが指を二本立てた。二朱とはおよそ五百文から七百文ほどになる。人足一日の日当が二百五十文ていどからすると、けっこうな金額であった。

「高いな」

「そんなことはございませんよ。なんせ、品川一と評判の妓ですぜ。夜で泊まりになれば一両はかかりやす。それがたった二朱で抱けるんで」

顔の前で手を振りながら、客引きが述べた。

「考えておく。他にも見世は色々あるようだからな」

扇太郎は顔で宿場の向こうを示した。

「およしなさい。あっちは碌でもねえ見世ばっかしですぜ」

　客引きが声を潜めた。

「宿場の手前、この十軒ほどだけですぜ、まともなのは。あとは、みんな一見《いちげん》の客からどれだけ金をむしり取るかしか考えていやせん。ひどいのは、まず、妓が違う。あの妓と指名したのに、来たのはばあさんだったりと散々な目に遭うのが落ちで」

「そんなにひどいのか。でも、それでは、代官所が黙っていまい」

「代官所が何の役に立つものですかい。なにより、品川には代官所がございません。ここにあるのは、手代が二人詰めているだけの出先だけで」

　小さく客引きが首を振った。

「そうか。では、止めておこう。ところで、楽善寺を知らぬか」

「楽善寺、聞いたことはございませんねえ」

　扇太郎の問いに客引きが首をかしげた。

「品川の高台にある荒れ寺なのだが」

「……荒れ寺でござんすか。だとしたらあそこかな」

　客引きが思い出した。

「宿場を出て最初の辻を左に曲がって、ちょっと坂になってやすが、そこを上がっていった右手に」

「行きすぎていたのか」

扇太郎は懐から一朱取り出して、客引きに渡した。

「こいつは……どうも」

「助かった」

背を向けた扇太郎に、客引きが問うた。

「妓は……」

「寺の帰りにするとしよう」

「お待ちしておりやす」

客引きに見送られて、扇太郎は一度宿場から離れた。

辻を曲がったところで、未助が待っていた。

「榊さま。道はご存じだったはずでは」

「少しばかり、一太郎の評判を地元の者に聞いてみたくなってな」

聞かれた扇太郎は答えた。

「で、いかがでございました」

「品川で戦うのは不利に過ぎるとわかった」

扇太郎は嘆息した。

「御上の役人が使いものにならないのでは、闕所物奉行の権も振るいようがない」

闕所物奉行が、闕所にかかわることならば、金でも人でも自在にできるのは、幕府の後ろ盾《だて》があってこそなのだ。その後ろ盾が当てにならなければ、任を果たすのは難しい。

「歌太郎はどうした」

姿の見えないもう一人の忘八の行方を、扇太郎は尋ねた。

「宿場で吉原あがりの妓と話をしておりまする」

「西田屋どのが言われていたことだな」

「へい」

先に立って歩きながら、未助がうなずいた。

「榊さま、あれでございましょう」

少し歩いたところで、荒れ果てた寺を見つけた。

「のようだな。入ってみよう」

「承知」

寺の大門は外から板で打ち付けられ、開かないようになっていた。未助は、潜り門をそっと押した。

嫌なきしみ音をたてて、潜り門が開いた。

「先に入りやす」

すばやい身のこなしで、未助がなかへと入った。

「………」

いつでも太刀を抜けるよう、鯉口《こいぐち》を切ってから扇太郎が潜り門を通った。これも剣士としての心構えであった。

潜るという行為は、もっとも無防備に首という急所をさらけ出す形となる。

敵地につながる潜り門を通過するときは、十分な注意をしなければならなかった。不意討ちに対応できるよう、頭上に抜いた脇差を横たえて通るのが、剣士としての作法とされていた。これをせずに殺されたところで、心構えのなさを嘲笑《わら》われるだけで、誰も討ち手を卑怯とは言わない。

すでに未助が門の内側で警戒してくれているのだ。刀を抜くまでのことはないと扇太郎は判断した。

「誰もいやせんね」

門を背にして、あたりを見ていた未助が言った。

「だといいがな」

扇太郎は、本堂へ続く石畳を進んだ。

「おうりゃあ」

本堂への階段をあがりきった扇太郎は、朽ちた扉を開けるのではなく蹴り飛ばした。なかに伏せ勢がいても、これならばかかってくることができない。

「思いきったことを」

苦笑いしながら未助が、姿勢を低くして本堂へ入った。

「誰もいやせんね」

未助が報告した。

「どうだ」

警戒を解かず、扇太郎はゆっくりと本堂へ足を踏み入れた。

「床下に人の気配はございませんねえ」

足抜けや心中をさせないため、真夜中に寝ている客と遊女の状況を把握するのも、忘八の仕事である。人の気配を読むことには長けていた。

「天井裏は探る意味もございません」

笑いながら未助が上を見た。

天井裏は、あちこちに穴が開き、とても人の重さに耐えられる状態ではなかった。

「だな。では、探そうか」

扇太郎は、鳥居耀蔵を通じて末森から聞いた隠し場所へと向かった。

「本尊の右。床板で十八枚数えたところ。柱と床板の隙間」

「へい」

指示に従って、未助が這《は》いつくばった。

「なにもござんせんねえ」

隙間に指を入れた未助が首を振った。

「……末森が嘘をつく理由はない。となると、先に奪われたか、落ちこんだか。未助、少し離れてくれ」

「へい」

十分に未助が間合いを取るのを待って、扇太郎は腰を落とした。

「ぬん」

居合抜きに、柱の下を斬った。

「見てくれ」

「わかりやした」

ふたたび未助が屈んだ。

「この柱、なかが腐って虚《うろ》になってやすね。……あった」

虚へ指を突っこんでいた末助が、声をあげた。

「なるほど、そんなところに隠していたんで」

二人の背中に声がかかった。

二

「誰だ」

扇太郎は振り向いて、誰何《すいか》した。

「闕所物奉行榊扇太郎さまでございますな。お初にお目にかかりまする。紀州屋一太郎でございまする」

本堂の外で、一太郎がていねいに頭を下げた。

「きさまが狂い犬の一太郎か」

外の光を背にしている一太郎の顔を見るために、扇太郎は目をすがめた。

「その名前は余り好んでおりませんので、できれば、お呼びいただきたくございませんな」

一太郎が告げた。

「でその紀州屋が、なんの用だ」

少しずつ扇太郎は立つ位置を変えた。光を背にした者は見にくい。動いた扇太郎は、一太郎の後ろに数名の配下が控えているのを確認した。

「それほど、闕所物奉行さまは、お察しが悪いのでございますか。その手にしておられる紙切れをちょうだいいたしたいので」

小さく笑いながら一太郎が告げた。

「牢屋同心二人を潰して、ようやく得たのが書付がここにあるということだけ。本堂を潰せばすむと来てみれば、見つけてくださったとはありがたい。助かりました」

手を伸ばして一太郎が、促した。

「牢屋同心を潰した……なるほど」

扇太郎が笑った。

「鳥居耀蔵を甘く見たようだな。ただの目付だと思って手を出せば、痛い目に遭うぞ」

「おかげさまで、今まで遣った二百両からが無駄になりました」

苦い顔で一太郎が述べた。

揚がり座敷に入っている末森へ毒を盛ろうとした牢屋同心二人は、見張っていた徒目付首藤の手によって取り押さえられ、逆に牢へと押しこまれる羽目になっていた。

「わたくしは、無駄金を遣うのがもっとも嫌なんでございましてな。せめて、その書付だけでも手に入れませんと、夜も眠られません」

「渡せぬと言えば……」

低い声で扇太郎が挑発した。このまま無事に帰れるはずもない。ここは、一太郎の縄張りである。ときが経てば経つほど不利になると、扇太郎は早めにことを始める気でいた。

「こうなるだけで。おい」

一太郎が背後へ合図した。

「…………」

暗い本堂のなかへ、重いものが投げこまれた。

「つっ……」

転がったものへ目をやった未助が絶句した。

「歌太郎」

扇太郎も呻《うめ》いた。

本堂の床に投げ出されたのは、宿場の遊女から話を聞いているはずの歌太郎の首であった。

「吉原忘八といったところで、たいしたことはないね」

笑いながら一太郎が続けた。

「妓を抱いている最中に背中から襲えば、あっさりだったよ。もっとも、相手していた妓ごと槍で突いてしまったけどねえ」

「なぜわかった」

未助が糺《ただ》した。

「簡単なことさ。女は、過去より今を大事にする」

一太郎が述べた。

「あやめが裏切ったと言うのか」

「違うな。やよいだ」

一太郎が妓の名前を訂正した。

「もと吉原西田屋の格子女郎は、品川の旅籠蔦屋《つたや》の看板遊女やよいになっていたということだ」

「すべて筒抜けだったのか」

「となるな。吉原はずいぶん女に甘いようだな。女を信用するから手痛い目に遭う。儂が吉原惣名主になったら、もっと引き締めねばならぬ」

「きさまごときが、吉原惣名主になれるものか。御免状さえ持っておらぬくせに。そんな奴に誰が従うか。なにより、御上がお認めにならぬ。たかが場末の顔役ていどで大きな口を叩くんじゃない」

未助が言い返した。

「人別さえない身分で、一人前の口をきくな」

馬鹿にした顔で一太郎が未助を見た。

「御免状だと。そんな黴《かび》の生えたようなものをいつまで後生大事にしている。だから、吉原はだめなのだ。儂には、そんな紙以上の切り札がある」

「八代吉宗さまのお血筋だと言いたいのか」

吐き捨てるように未助が言った。

「まさか……」

扇太郎は驚愕した。

「知っていたか。まあ、吉原は噂の集まるところだ。もっとも、その使いかたを、今の惣名主はわかっていないようだがな」

淡々と一太郎が応じた。

「さて、いつまでも話をしていても埒《らち》が明きませぬな。闕所物奉行の榊さま」

口調をもとの商人へ戻して、一太郎が扇太郎へ顔を向けた。

「成るようなお話としませぬか」

「……どういうことだ」

警戒しながら扇太郎は訊いた。

「その紙切れをお譲りいただければ、百両お支払いしましょう」

「ふん」

扇太郎は鼻先で笑った。

「ほう。さすがに余得の多い闕所物奉行さまだ。金では動いてくれませんか。では、二百石で新御番《しんごばん》では、いかがで」

「二百石、新御番だと」

聞いた扇太郎は、目を剝《む》いた。

二百石に驚いたのではなかった。新御番という役目が予想外であった。新御番とは、将軍家の警固を担う役目である。幕初からある書院番、小姓番に比べて、格は軽いが、腕では旗本のなかから腕の立つ者を集めただけ群を抜いていた。それは、将軍家お休息之間近くに控えを与えられていることからもわかった。将軍の目に止まるところで勤務するため、出世していく者も多く、遠国奉行まであがった者もいた。

その新御番へ、御家人でしかない扇太郎を推挙すると一太郎が言った。これは、一太郎の力がそこまで幕府に喰いこんでいる証明であった。

「できるのか」

「当然でございますな。わたくしの願いを聞いてくださる方は、幕府御用部屋にもおられまする」

誇るように一太郎が告げた。

「榊さま」

末助が不安そうな声を出した。

「惹《ひ》かれる話だな」

「でございましょう。なかなか、お話のわかるお方でよかった」

扇太郎の言葉に一太郎がほほえんだ。

「だが、矢組をけしかけてきた奴の言いぶんを鵜呑みにするほど、人は好くないぞ」

「あれは、まあ、あのときの状況だっただけで」

笑いを崩さない一太郎が、手で合図をしたのを、扇太郎は見逃していなかった。

「撃て」

本堂の外から銃口が出てきた。

「伏せろ、未助」

叫びながら扇太郎は、右へと身体を倒した。

轟音《ごうおん》とともに、後ろの壁へ穴が開いた。

「ぐっ」

右肩をしたたか打った扇太郎は呻いた。

利き腕側へ倒れたのには理由があった。左だと太刀の鞘を床にぶつけて割ってしまったり、太刀をゆがめてしまうこともあるからだ。

「おい、行け」

鉄炮がはずされたのを見た一太郎が、配下たちに命じた。

槍を持った浪人者が一人、長脇差を手にした無頼が三人、本堂へ駆けこんできた。

「榊さま」

体勢を整え直した未助が、懐から匕首《あいくち》を出して、突っこもうとした。

「よせ。槍相手に匕首じゃ、相性が悪すぎる。あの浪人者は、拙者が引き受ける。未助は、残りの牽制《けんせい》を頼む。無理して討とうとするな。こっちの注意が狂う」

「……へい」

一瞬、戸惑った未助だったが、承諾した。

「行くぞ」

扇太郎は勢いを付けて立ちあがった。

間合いの遠い槍に、転がっていては、なす術《すべ》もなく攻撃される一方になる。

「りゃああ」

立ちあがったばかりで、重心の定まっていない扇太郎を、浪人者が槍で突いた。

「くっ」

扇太郎は身体を開いて槍をかわした。

「おう」

すばやく浪人者が槍を引き戻した。

未練たらしく槍で薙いだりしてこないところに、浪人者の自負を扇太郎は見て取った。

「遣うな」

すなおに扇太郎は浪人者の腕を賞賛した。

「…………」

無言で浪人者が、槍を出した。

「なんの」

抜き打ちに扇太郎は槍の穂先を叩いた。

「つっ」

穂先がぶれ、浪人者が槍を引いた。

「ぬん」

扇太郎は、前へと跳んだ。槍の間合いで戦っていては、太刀に勝ちはない。こちらの間合いに飛びこまない限り、刃は敵に届かないのだ。

「なんの」

浪人者が初めて声を漏らした。

手繰《たぐ》り寄せた槍を三度繰り出した。

「遅い」

右足で強く床を蹴って、扇太郎は左へ身体を滑らせた。

襲われたときは、相手の右へ逃げるのが定石であった。右へ逃げる敵を追うには、得物《えもの》ごと身体を開くことになる。となれば、右脇がどうしても身体から離れていく。とくに槍は、柄《え》が長いため、脇を締めないと狙いがぶれやすい。その上、回している槍の石突きが己の身体に触れ、それ以上動かせなくなるのだ。

「おうや」

間合いに相手を捕らえた扇太郎は、太刀を振った。

「つうう」

槍を支えていた右手を打たれて、浪人者が呻いた。

「ていっ」

下段に落とした太刀を扇太郎は掬いあげた。

「……………」

槍の柄で、浪人者が太刀を止めた。

「ぬおう」

「おおっ」

槍と太刀による奇妙な鍔迫《つばぜ》り合いが始まった。

「近江谷《おうみたに》さん。ちゃんとしてくださいよ。そのために、毎月の手当を出しているんだ」

力の均衡で動かなくなった扇太郎と浪人者を見た一太郎が、いらだちを見せた。

「おまえたちも、忘八の一人くらい片付けられないのか。三人で囲んでしまえばすむだろうが」

一太郎の怒りは、配下の無頼にもぶつけられた。

「へいっ」

無頼たちがあわてて従った。

「来るなら来やがれ」

未助が匕首を低く構えた。しっかり本堂の壁を背にしているあたりからも、未助が戦い慣れていることがわかった。

「死にやがれええ」

正面で長脇差を構えていた無頼が、未助へぶつかっていった。

「しゃっ」

床に手が着くほど背を低くした未助が、匕首を払った。

「痛てえええ」

踏み出した足の臑《すね》を割られて、無頼が絶叫した。

「この野郎」

続けてかかろうとしていた無頼へ、未助がよどみなく匕首を向けた。

「……うっ」

無頼が引いた。

臑を押さえて仲間が、転げ回っているのだ。同じ目に遭うのは誰でも嫌である。

「変わった形だな」

すっと一太郎が目を細めて未助を見た。

「それが忘八の戦い振りかい。なるほどねえ。吉原で刃物を持って暴れる奴を押さえるのに、有効だねえ。臑を斬られちゃ、痛みで抵抗なんぞできやしない」

一太郎が感心した。

臑は骨の前に薄い筋肉があるだけである。傷や衝撃は、そのまま骨へいたった。なにより、足をやられると立っていられなくなる。あとは上から夜具でもかぶせてしまえば、取り押さえるのは簡単だった。

「命を惜しむ気配もない。そのうえで、この腕を持つか。忘八とは恐ろしいよな。それだけに、儂の配下に欲しい」

「黙ってろ」

語る一太郎へ、未助が怒鳴った。

「誰に向かって言っているのだ。人別《にんべつ》のないおまえとは違うんだよ。人外《にんがい》が。忘八は欲しいが、口の利きかたを知らないおまえは不要だ。おい、さっさと片付けないか」

一太郎が、二人の無頼へ命じた。

「へ、へい」

よほど一太郎が恐ろしいのか、無頼二人が震えた。

「……………」

未助がいっそう腰を落とした。

槍と太刀の鍔迫り合いは、均衡が崩れ始めていた。

「くっ」

柄の部分へ、扇太郎の太刀が喰いこんでいた。

「もろいな。柄は」

穂先と石突き、それ以外のところは、ただの木なのだ。太刀の鋭い刃先には勝てなかった。

だが、槍は重い。扇太郎の、腕にかかる負担も大きかった。

「しかし、よく斬れる。さすがは正宗《まさむね》」

わざと扇太郎は太刀へ目をやった。

「正宗だと」

浪人者も思わず銘刀の名前につられて、太刀を見た。

「…………」

気合いもなく、扇太郎は浪人者の左足を踏みつけた。

「ぎゃっ」

不意の痛みに、浪人者の力が抜けた。

鍔迫り合いの均衡を破った扇太郎は槍の柄に身を添わせて、一歩を踏み出した。

「あっ」

浪人者が顔をあげたとき、二人の間合いは二尺（約六十センチメートル）を割っていた。

「歌太郎の仇《かたき》だ」

槍に喰いこんでいた太刀をそのまま扇太郎は突いた。滑りながら太刀が、浪人者の脇腹へと吸いこまれていた。

「ぐえっ」

肝臓を刺された浪人者が、白目を剝いて絶息した。

「話にならない」

一太郎が舌打ちした。

「おい、なんとか足止めをしておけ。儂は次の手を打つ」

配下の無頼二人に、言い残して一太郎が背を向けた。

「……そんな」

二人が顔を見合わせた。

「しゃっ」

大きな隙を未助は見逃さなかった。

腰を二つに折り曲げた奇妙な姿勢から、未助が匕首を二度振った。

「げっ」

「ぎゃああ」

やはり臑を傷つけられた二人が、足を抱えて転がった。

「見事だ」

「榊さま」

近づいてきた扇太郎に、未助が顔をあげた。

「ちょっと目をつむっててくださいやし」

未助が頼んだ。

「わかった」

扇太郎は本堂の外へ目をやった。

「吉原の忘八を殺した報いを受けてもらう」

未助が冷たい声で、倒れて痛みに呻いている三人の無頼へ告げた。

「な、なにをする気だ」

最初にやられた無頼が、かろうじて問うた。

「…………」

答えず、未助は手にしていた匕首で、もっとも近くの無頼を刺した。

「ぎゃっ」

断末魔の悲鳴をあげて、無頼が絶息した。

「猪介《いすけ》」

最初の無頼が、叫んだ。

「動けない者を卑怯だぞ」

「…………」

無言で未助が、もう一人の無頼へ匕首を向けた。

「よせ、よせ」

足を斬られていては逃げられない。這いずるようにして離れようとする二人目を、未助は殺した。

「た、助けてくれ」

一人残った無頼が、泣きそうな声を出した。

「歌太郎が生き返るなら、助けてやる」

「そんな、無理だ」

無頼が落ちていた長脇差を拾って、無茶苦茶に振り回した。

「命の代償は命しかあるまい。人を殺しておいて、生き延びようなど厚かましいにもほどがある」

饒舌《じょうぜつ》になった末助が匕首を鋭く振って、長脇差を叩いた。片手だけで振り回していた長脇差は、あっさりと無頼の手を離れて飛んでいった。

「歌太郎は、西田屋の遊女が産んだ子だ。吉原で生まれた者は、父親がどれほどの身分であっても、女は遊女、男は忘八となる定め。物心つく前に母親から引き離され、見世の忘八たちによって育てられた。一人で立てるようになったころから始まる忘八としての修業を重ね、ようやく一人前となったところで、死ななければならなかった。この無念さがわかるか」

無頼が逃げた分だけ末助が近づいた。

「わ、わああ」

涙を流して無頼が首を振った。

「死んで詫びてこい」

末助が匕首を投げた。

「かふっ」

喉《のど》を突き抜かれて、無頼は息を漏らすような音を最後に絶命した。

「申しわけありやせんでした」

匕首をそのままに、未助が扇太郎へ詫びた。

「残念だ。若いのにな」

振り向いて扇太郎は歌太郎の首へ、手を合わせた。

「最後に女を知っただけ、歌太郎は幸せだったのかも知れやせん」

未助が首へ話しかけた。

「吉原の忘八は、女を抱くことが許されておりやせんので」

「そうか」

着飾った女たちのなかにいながら、手の出せない忘八の夢が、抱くことだったと教えられて、扇太郎はなにも言えなかった。

「参りやしょう」

ていねいに歌太郎を拝んだ未助が言った。

「連れて帰ってやらないのか」

「持ち帰ったところで、忘八の死体は、投げ込み寺へ捨てられるだけで」

未助が首を振った。

「しかし、敵地に置いていくのも」

「死人はなにも思いやせんよ。それより、首を持っていることで、咎められるほうがよろしくございませぬ。一太郎が出て行っていやす。かならず、次の手を打ってきましょう。そのとき、首は荷物になるだけで」

はっきりと未助が断言した。

「そうだな」

もう一度歌太郎の首に手を合わせて、扇太郎は本堂を出た。

「大木戸をこえるまで油断できぬ」

「へい」

急ぎ足で大木戸まで来たところで、二人は止められた。

「お待ちあれ」

「なにかの」

扇太郎は、鷹揚《おうよう》な態度で応じた。

「代官中村八太夫が手代、石山定右衛門《いしやまじようえもん》と田治米彦兵衛《たじめひこひようえ》でござる」

手代たちが名乗った。

「闕所物奉行榊扇太郎。これは、吾が家の小者でござる」

扇太郎は未助を家人だと紹介した。

「これはお見それいたしました」

田治米が、一礼した。

「我ら、御用にて先を急ぐのだが」

用件を言えと扇太郎は促した。

「貴殿の連れている小者が、吉原の忘八だという訴えがござってな」

「ほう」

石山の言葉に、扇太郎は応じた。

「吉原の忘八が、半纏を着ていないとなれば、世俗に戻ったと見るのが慣例。凶状持ちや無宿人であれば、捕まえねばなりませぬ。ぬけぬけと品川を出られたとあれば、品川代官の名折れ」

田治米が続けた。

「お役目に熱心なのは結構だが……吾が家人を凶状持ちだと」

「そう申しておるのではございませぬ」

凄《すご》む扇太郎に、石山が手を振った。

「しかし、そう訴人があれば、動かぬわけにも参りませぬ」

石山が理解を求めた。

「この者は、吾が榊家の家人にまちがいない。これでよいな」

「それではすみませぬ。なにより、貴殿が闕所物奉行であるという証左もござらぬ」

扇太郎の前に田治米が立ちふさがった。

「では、どうすればいいと」

「品川の代官所出先までお出でいただきたい」

田治米が述べた。

「断ろう。先ほども申したとおり、御用で先を急ぐ」

間髪を入れず、扇太郎は拒んだ。

「文句があるならば、後ほど深川安宅町の屋敷まで来い」

扇太郎は突っぱねた。

「行くぞ」

未助を促して大木戸を扇太郎は潜ろうとした。

「代官の代理として、命じる。大木戸を閉じよ」

田治米が叫んだ。今の代官は勘定奉行の下僚である。勘定奉行は同時に道中奉行をも兼帯している。大木戸の開閉は道中奉行の管轄にある。正式にいえば、代官にその権はないが、品川で罪を犯した者を捕縛するため、大木戸を閉じさせることは黙認されていた。

「へえい」

番人が大木戸を閉じ始めた。

「未助」

扇太郎は、未助を突き飛ばした。

「あっ」

未助が大木戸の向こうへ転がった。

「な、なにを」

「そやつを捕まえろ」

石山と田治米が騒いだ。

「騒ぐな。大木戸の向こうは江戸町奉行所の管轄だ。おまえたちにはなんの権もない。未助、屋敷へ報せてくれ」

「……ですが」

一瞬呆然《ぼうぜん》とした未助が、抗おうとした。

「歌太郎のことを無駄にするか」

「でございました。ただちに手配を」

末助が駆けていった。

「役所までご同道願おう」

憮然《ぶぜん》とした表情で、田治米が言った。

「よかろう。案内いたせ」

扇太郎は、首肯した。

日が暮れていく品川の海を見ながら、扇太郎はふたたび宿場へと足を踏み入れた。

三

「初見だが、いいかい」

蔵市が西田屋の暖簾を潜った。

「ありがとう存じまする。どの妓にいたしましょう」

西田屋の忘八が問うた。

どこの遊女屋でも、今夜の客が決まっていない妓を外から見える格子窓の内側に座らせている。初見の客は、格子のなかを覗いて気に入った妓がいれば、見世に揚がった。

「左から二人目の妓を頼む」

「松風さんでござんすね。へい」

忘八がうなずいた。

「あと、疲れているからこのまま泊まらせてもらいたい」

懐から二朱銀を出して、蔵市は忘八へ握らせた。

「こいつは、どうも。では、一番奥の屏風《びょうぶ》へ」

忘八が案内した。

吉原には遊女と客を夫婦に見立てる習慣があった。初会を見合い、二度目を逢い引き、三度目を婚姻として、三度かよわない限り、同衾《どうきん》はできないしきたりであった。

しかし、そんな悠長なことをしていては、その場で抱ける岡場所や品川の遊女屋などに対抗できなくなる。

吉原でも旧来の風情あるしきたりを残しながら、値段の安い端《はした》という格を作り、線香三本が燃え尽きるまでの間をいくらと決めて、その日に抱ける遊女を置いていた。

「一晩、松風さん、お買い切り」

大声で忘八が告げた。

「ええい。ありがとうさんで」

なかで忘八たちが唱和した。

「あの真ん中の妓を頼む」

「初めてのお方でござんすね」

忘八は客の顔を覚えるのも仕事である。

「ああ。明日の朝まで買い切りで頼むよ。少ないがこれを」

「そいつはどうも」

心付けをもらって忘八が喜んだ。

「ずいぶん、繁盛だね」

一階の板の間中央奥で、見世の状態を見ていた西田屋甚右衛門が、呟いた。

「気になりやすね」

「初見が多い。一夜買い切りの初会なんぞ、滅多にあることじゃない」

西田屋甚右衛門が警戒した。

「目を付けておきましょうか。最後の想い出に吉原の遊女を思う存分抱いてみたいと考えているやも知れません」

「ああ。気を配っていておくれ。見世で喉でも突かれたら困るからね。まして妓を道連れにされた日には目も当てられない」

「へい」

忘八の頭が首を縦に振った。

端遊女は、見世の一階、もしくは二階の大広間を、屛風で夜具の大きさに仕切ったところで客の相手をする。

隣の遊女との間には、屛風一枚しかなく、声も姿も丸見えであった。

「ちょ、ちょっと、休ましておくんなさいな。そんなにされたら、壊れてしまうでありんす」

蔵市の相手をした松風が、哀願した。

「そう言うねえ。夜はゆっくり寝かせてやるからよ」

動きを止めずに、蔵市が頼んだ。

あちこちで同じようなやりとりがおこなわれ、それを忘八が耳をそばだてて聞いていた。

「買い切りの間は、何回やっても文句は言えないが……ちょっと異常だな」

忘八が呟いた。

いかに端遊女とはいえ、吉原の場合は客との交情を重視する。一度揚がった見世と敵娼《あいかた》を変えることは御法度なのだ。金で買った遊女だが、無茶をして嫌われると、次から来にくくなる。どんな客でも初会は遊女に気を遣うのが普通なのに、四組の新規客は、二度と来ないとわかっているかのようであった。

見張りの忘八の懸念は、すぐに西田屋甚右衛門へ報された。

「なんかあるな」

品川から駆け続けてきた未助が、吉原の灯《あか》りを目にして、ほっと息をついた。

「あと少しだ」

不夜城と言われる吉原は、浅草田圃に入るとよく目立った。

品川から吉原は遠い。鍛えた忘八の足でも、かなりかかった。

「遅かったじゃないか、忘八」

吉原大門へと向かう五十間《けん》道の手前で、未助を人影が取り囲んだ。

「狂い犬の手下か」

「そうよ。おまえが戻ってくるのを待っていたのさ。楽だったぜ。忘八に吉原以外帰るところはない。ここで張ってれば、必ず引っかかってくれるのだからな」

一太郎の手下が笑った。

「……それにしてもずいぶんな数じゃないか。たかが忘八一人に十人がかりとは、品川の男は、なさけないことだ」

さっと敵を見渡して未助が鼻先で笑った。

「舐《な》めるな。おまえの相手など一人でも十分だがな。他にすることがあるのだよ。どうだ」

話をしていた手下が、他の者へ問うた。

「まだ、火の手は見えねえ」

訊かれた手下が答えた。

「火の手だと……」

未助が絶句した。

浅草田圃には火を出すような建物はほとんどない。

「吉原を焼く気か」

「さてなあ。今死ぬおまえには関係ないことだ」

話をしていた手下が、手をあげた。

「やってしまえ」

その声を合図に、四方から一太郎の手下たちが得物を持って、飛びかかってきた。

「ちっ」

未助が唇を噛んだ。

持っていた匕首は、品川の荒れ寺に捨ててきていた。

「死ね」

「この野郎」

襲いかかってくる手下たちの攻撃をかわしながら、未助があたりを見た。

「あった」

未助が、匕首を構えている手下へ、体当たりをかました。

「うわっ」

当て身を入れ、相手の意識を刈ってから、一緒になって転がり、未助は目の前の編み笠茶屋へ入った。

編み笠茶屋とは、吉原通いを隠したい身分ある武家や僧侶などに、顔を覆うための笠を貸す店である。笠を貸すだけでなく、酒やちょっとした肴《さかな》も出した。

江戸の店はどこでも、火事に備えて桶に水をためている。未助は、編み笠茶屋の桶へ、懐から出した手ぬぐいを漬けた。

「逃がすな」

「店を囲め」

手下たちが、編み笠茶屋を包囲した。

「吉原《さと》の危難だ。勘弁してくれ」

　末助は、何事かと顔を出した編み笠茶屋の主へ告げて、店の前に立てかけられてあった葭簀《よしず》を蹴り飛ばした。

「うわっ」

　人というのは、目の前にものが飛んでくれば、思わず瞼《まぶた》を閉じる。その一瞬を末助は利用した。

「しゃっ」

　編み笠茶屋から出た末助が、濡《ぬ》れた手ぬぐいを振った。

「あたるものか」

　葦簀を避けた手下たちが、目を開けた。

「ひっ」

「なんだ」

　左右にいた手下が顔を押さえてうずくまった。末助が濡れた手ぬぐいで打ったのである。手ぬぐいは濡れたために重さを増し、そのぶん勢いがついていた。目を叩かれれば、しばらくものが見えなくなる。

「みょうなことをしやがる。やはり忘八は、まともじゃねえ」

　頭分《かしらぶん》の手下が、吐き捨てた。

手ぬぐいを縦横無尽に振っていた未助だったが、目にあたらない限り、たいしたことはないと見破られるまでであった。

「あたったところで、死なないんだ。思いきっていけ」

手下たちが、棒や長脇差で攻撃してきた。

「舐めるなよ。忘八の振り手ぬぐいは、こうやれば人も殺せるんだぜ」

小さく笑いながら未助が、動いた。

「わあああああ」

頭の上へあげた長脇差を叩きつけてきた手下の一撃をかわした未助が、手ぬぐいを鋭く振った。

「ぐえっ」

勢いの付いた手ぬぐいが、手下の首に巻き付いた。喉を絞められた手下が、呻いた。濡れた手ぬぐいは勢いよく打ちつけられると膠《にかわ》で貼り付けたようにくっつく。喉を絞められた手下の息が詰まり、顔色が悪くなっていった。

「ふん」

未助が背を向け、手下を担ぎあげた。鈍い音がして、首の骨が折れた。

「…………」

声もなく、手下が絶息した。

「馬鹿な……。手ぬぐいで人が……」

頭分が驚愕した。

「吉原を世間と同じと思っていると痛い目に遭うぜ」

死んだ手下の首から未助が手ぬぐいをはずした。

「次はどいつだ」

「棒、棒を持ってこい」

手ぬぐいの届かないところから攻撃すると、頭分が叫んだ。

「へ、へい」

手下たちがあわてて並んでいる編み笠茶屋の、暖簾に手をかけた。暖簾を吊っていた竹《たけ》竿《ざお》をはずして、武器として構えた。

「くくく」

未助が笑った。

「棒への対処ができていないとでも思っているのか」

すっと未助が走った。まだ体勢の整っていない手下が持つ竹竿へ、手ぬぐいを巻き付けた。

「あっ」

手の内が締まっていなかった手下は、あっさりと竹竿を奪われた。

「もらったぜ」

手ぬぐいを肩にかけた末助が、竹竿を振り回した。

「わっ」

「ぎゃっ」

たちまち二人の手下が、頭を殴りつけられて失神した。

「残るは……六人か」

「巳《み》の吉《きち》兄貴……」

遠回しに囲んでいた手下の一人が、気弱な声を出した。

「あっしらの役目は、吉原の崩壊、今ここでこいつを倒さなくともいいのでは」

「そ、そうだ。足止めだけしていればいい」

兄貴と呼ばれた巳の吉が同意した。

「火の手があがるまで、こいつを吉原へ入れるな」

「へい」

手下たちが守りに入った。

不夜城と呼ばれる吉原だが、眠らないわけではなかった。正子《しょうね》の刻（深夜零時ごろ）になると、まず、大門が閉じられる。続いて吉原会所から大引けの拍子木が叩かれ、すべての見世は看板の明かりを落とし、客の出入りも止めた。

「大引けでございい」

忘八が見世のなかへ大声で報せる。これをもって、酒や食事の注文もできなくなった。

「おいっ。おい」

蔵市が敵娼《あいかた》の遊女を揺さぶった。

「すっかり寝てやがる」

散々弄《もてあそ》ばれて、くたびれ果てた遊女が、目を醒ます様子のないことに、蔵市は笑った。

「行くか」

蔵市が立ちあがった。

遊女屋の造りはどこともよく似ていた。端《はした》を抱くための大広間を左右に分けるように二階への階段があり、その裏に主の住居へ続く入り口があった。

階段の裏へ回った蔵市を、仲間たちが待っていた。

「遅いぞ」

「すまぬ。妓が寝たかどうかの確認に手間取った」

咎められた蔵市が詫びた。

「おまえが下手だから、妓に気をやらせられなかったんだろう」

別の仲間がからかった。

「やかましい」

蔵市が苦笑した。

「行くぞ。御免状はたぶん、主の部屋だ。念のため、おまえたちは、蔵を見てくれ。半刻（約一時間）探して、見つからなければ、親方の命どおり、火を放つ」

「承知」

うなずいて男たちが足音もなく、奥へと侵入した。

「どこかへ出かけたか。ちょうどいい」

西田屋甚右衛門の姿がないのを、蔵市は好機だと感じた。

「ない」

戸棚から天井裏、畳の下まで探した蔵市が焦った。

「床柱に仕掛けでもあるかと思ったが……ない」

蔵市が首を振った。

「蔵へ行った連中からも、見つかったという報せはない。……やむを得ぬな。火を付けるか」

　懐から蔵市が、煙草入れを出した。

「…………」

　音もなく襖が一寸（約三センチメートル）ほど開き、小さな竹筒が顔を見せた。

「ふっ」

　風音がして、蔵市が首を押さえた。

「あつっ」

　そのまま蔵市が崩れた。口から泡を吹いて小さくけいれんを始めた。

「火を付けられては困るのでな」

　大きく開いた襖から西田屋甚右衛門が現れた。

「御免状を狙ってきたということは……」

「狂い犬だろうねえ」

　吹き矢を持った忘八の問いに、西田屋甚右衛門がうなずいた。

「それより、たった四人で吉原を燃やすことは難しい。他にも仲間がいるはずだ。三浦屋さん、卍屋《まんじや》さんへ報せなさい。あと、大門外にも人を出しなさい。火事の混乱に乗じて、わたしたち見世の主を襲おうと考えているかも知れない」

「へい」

忘八が下がっていった。

「どうも先に手を打たれている気がしますね。品川へ行かれた榊さまがご無事であればよいのですが……」

西田屋甚右衛門が目を閉じた。


牽制し合うだけで動きの止まった未助と一太郎の配下たち六人の均衡は、吉原からの援軍によって崩れた。

「未助」

「幸蔵《こうぞう》さん」

「ちっ。蔵市め、失敗したか。逃げるぞ」

一人の忘八に手こずっているのだ。五人も来られては話にならない。あわてて配下たちが散った。

「追うな。大門の外で騒ぎを起こすのはよくねえ」

幸蔵が止めた。

「歌太郎はどうした」

未助が一人なことに気づいた幸蔵が問うた。

「きみがてての前で」

「わかった。戻るぞ」

泣きそうな未助の肩を抱いて、幸蔵が手を振った。


「ご苦労だったね」

戻ってきた未助を西田屋甚右衛門がねぎらった。

「きみがてて……歌太郎は……」

悔しさをこめた声で未助が語った。

「そうか。あやめがな」

聞いた西田屋甚右衛門が、嘆息した。

「哀れだね。今を守るために吉原を裏切って、殺されたんじゃ、浮かばれまい」

西田屋甚右衛門が手を合わせた。

「榊さまは、品川の代官所出先におられるのだね」

「おそらく。あっしのような者をかばったために……」

申しわけなさそうに未助が肩をすくめた。

「だねえ。吉原はこれで二度榊さまに救われた。ご恩返しがたいへんだ」

忘八が吉原の半纏を身にまとわず大門外へ出るのは、御法度であった。品川の代官所手代に未助が捕まっていれば、ややこしいこととなっていた。

「どうしやすか。品川を襲いやすか」

幸蔵が剣呑《けんのん》な雰囲気を醸し出した。

吉原には前例があった。かなり前だが、町奉行所へ何度取り締まりを願っても、何の音沙汰もなかったのに業《ごう》を煮やして、吉原は岡場所の打ち壊しに出たことがあった。このときは神君家康公の御免状のおかげで、お咎めはなかった。

「品川は江戸じゃないからねえ。御免状の江戸唯一の遊郭というのは、使えないよ」

ゆっくりと西田屋甚右衛門が首を振った。

「ですが、このままでは、吉原の義理が立ちませんぜ」

いきり立つ幸蔵に、集まっていた忘八たちも首肯した。

「勘定奉行の名前で、榊さまが捕まっているならば、それ以上のお方を使えばすむ。貸しを一つ使わせてもらうとしましょうか。おい、出かけるよ」

「こんな夜更けにでございますか」

　幸蔵が驚いた。

「今から出かけて、ちょうどいい刻限になるんだよ」

　西田屋甚右衛門が、着替えを始めた。

　吉原を七つ（午前四時ごろ）に出た西田屋甚右衛門と幸蔵は、夜の明けきらない江戸の町を歩いた。

「門が開くまでもうちょっとだね」

　鍛冶橋《かじばし》御門前で、西田屋甚右衛門が足を止めた。

「いったいどこへ……」

　幸蔵が不安そうにあたりを見回した。

「西の丸下水野越前守忠邦さまのお屋敷だよ」

　淡々と西田屋甚右衛門が答えた。

「水野越前守さまには、貸しがあってね。かつて、水野さまが唐津から浜松へお移りになるとき、許しを得ようとときの老中さま方を接待された。そのお手伝いをわたくしがさせてもらったのだよ。股《また》を開くしか能のない正室や側室しか知らないお殿さま方が、閨技《ねやわざ》の名人、吉原の妓を抱いてごらん。どうなるかはわかるだろう。あっというまに夢中になって、老中さま方は骨抜き。後は、吉原の遊女にとって御法度の睦言《むつごと》を使って、水野さまのご希望を叶えてくださるようにお願いすれば……」

「越前守さまのご要望は通る」

西田屋甚右衛門の話に、幸蔵が結末をつけた。

「政にはかかわらないという吉原の不文律を曲げたんだ。その貸しは大きい。別に証文を取り交わしたわけじゃないけどね。水野越前守さまも、無下にはなされまい。少し急ぐよ。早く行かないと、水野越前守さまが、お城へあがられてしまうからね」

足を速めて、西田屋甚右衛門が幸蔵を急かした。

四

城下の門は明け六つ（午前六時ごろ）に開く。

鍛冶橋御門を通った西田屋甚右衛門は、まだ大門を開けていない水野越前守の上屋敷の潜り門を叩いた。

「朝早くに畏れ入りまする。西田屋甚右衛門でございまする。ご老中さまへお目通りを願いまする」

「きみがてて……」

後ろで見ている幸蔵が息を呑んだ。人として認められていない吉原の楼主と今をときめく老中の差は天と地ほど違う。身分のない吉原の内ならまだしも、同席どころか、会うことも無理なはずであった。

「吉原ごと呑みこむほどじゃないと幕府を動かすなど無理だよ」

西田屋甚右衛門が幸蔵へ語った。

「通れ。供は、外で待たせよ」

しばらくして潜り門が開いた。

「そこで待っていなさい」

さすがに吉原の半纏を着ている忘八を屋敷のなかへ入れるわけにはいかなかった。

「へい」

命じられた幸蔵がうなずいた。

老中は多忙である。登城は、役付旗本や大名とのすりあわせもあるので、五つ（午前八時ごろ）となるが、たまっている仕事を消化したり、面会を求める者たちと話をするため、水野越前守の起床は、明け七つ（午前四時ごろ）と決まっていた。

「早いな」

廊下で平伏する西田屋甚右衛門へ、水野越前守が声をかけた。

「今ここにいるということは、吉原を七つには出ていなければならない。それほど急ぎの用件か」

「ご慧眼《けいがん》、畏れ入りまする」

西田屋甚右衛門が感心した。

「貸しをお返し願いたく参上つかまつりました」

「……貸し。使うほどのことができたのか」

「はい」

水野越前守の確認を、西田屋甚右衛門が肯定した。

「一人助けていただきたく」

「誰をだ」

「闕所物奉行榊扇太郎さまを」

「……闕所物奉行だと」

西田甚右衛門の出した名前に、水野越前守が反応した。

「吉原とかかわりがあるとは思えぬが」

「岡場所の闕所では、遊女も財産となりますので……」

「なるほど。そういえば、音羽の遊郭尾張屋だったかが、闕所になっておったの」

すぐに水野越前守が思い出した。

「で、闕所物奉行がどうかしたのか」

「じつは、旗本末森さまの闕所にかかわるお調べのため、品川へ行かれたところ、代官所手代さまともめ事があり、抑えられてしまわれたのでございまする」

「末森といえば、家斉さまの小姓で逐電しておった者か。すでに改易は決まっておるゆえ、闕所物奉行が動いてもかまわぬはずだが……品川か」

水野越前守が西田屋甚右衛門を見た。

「はい。あの狂い犬で」

「八代さまのお血筋とか申しておる痴《し》れ者か。ふむ。なるほどな」

口のなかで呟いた水野越前守が、一人うなずいた。

「末森の後ろで、糸を引いていたのが一太郎か」

「…………」

末森のことは吉原に関係ない。西田屋甚右衛門は口を閉じた。

「品川代官は勘定奉行中川飛騨守《ひだのかみ》の下役だったな。それでは、手代風情といえども、闕所物奉行では逆らえぬ。勘定奉行は、闕所物奉行にとって、上役に等しいからな」

「はい」

今度は西田屋甚右衛門も反応した。

「わかった。儂から飛騨守に申しておこう」

「かたじけのうございまする」

深く西田屋甚右衛門が頭を下げた。

「これで借りは返したぞ」

「たしかに受け取りましてございまする」

念を押す水野越前守へ、西田屋甚右衛門は首肯した。

「では、これにて」

用はすんだと西田屋甚右衛門が退出した。

「吉原が、榊のために動くとは……吉原を握る者は、夜の江戸を支配する。一太郎が吉原を欲しがるのも当然ではあるが……ただの御家人に過ぎない榊が、老中への貸しを使うほど吉原からたいせつに思われているのは、気になる。おもしろいな。一太郎の手が幕閣にまで伸びてきているのは、よくない。吉原の貸しをなくせただけ、余は得をしたとはいえ……これで話を終わらせるわけにはいかぬな。末森の一件は大御所さまの力を削《そ》ぐには役立つだろう。なれど、幕閣が闇の力をあてにしては、政がなりたたぬ。闇は必ず、手柄以上のものを欲しがる」

苦い顔で水野越前守が独りごちた。

「なにより、一太郎は、家斉さまの寵臣水野美濃守のもとにも出入りしている。一太郎は、吉宗さまの血筋でありながら、ふさわしい扱いをされておらぬことに不満を抱いているという。上様へ従う者、大御所さまと親しい者、両方を操って、幕政に混乱を招くのを目的としているやも知れぬ。その手に老中や御側御用取次など、要職にあるものがのせられてどうするのだ。そろそろ一太郎を除けねばならぬ。闕所物奉行か。ちょうどよいな。死んだところで惜しくもない」

水野越前守が手を叩いた。

「お呼びで」

待機していた用人が顔を出した。

「勘定奉行中川飛騨守をこれへ」

「はっ」

用人が小走りに駆けていった。

品川の代官所出先で、一夜を明かした扇太郎は、背筋の痛みと空腹に閉口していた。さすがに闕所物奉行と名乗ってあるので、牢屋へ放りこまれることはなかったが、扱いは罪人並であった。小さな板の間に入れられ、夜具食事は与えられなかった。

「誰か、身元の確認に出ているのだろうな」

扇太郎は、見張りと称して部屋の外に座っている手代石山へ述べた。

「…………」

石山は返答をしなかった。

「闕所物奉行の任を妨げただけではなく、その身まで拘束したのだ。無事ですむことはないぞ。闕所物奉行は大目付さまの支配にある」

「…………」

何を言っても石山は無言を貫いた。

「おはようございまする」

にこやかな挨拶をしながら、一太郎が入ってきた。

「やっぱりおまえか」

「品川での一夜はいかがでございました。忘れられないものとなられましたでしょうか」

にこやかに笑いながら、一太郎が皮肉を口にした。

「いかがで、お考えは変わりませぬか。今ならまだ間に合いまするよ。わたくしの手助けをいたしていただければ、相応の見返りはお約束いたしまする。闕所の見積もり役はかなり儲かるそうでございますな。なあに、ご心配なく。闕所させる相手は、こちらで用意できますからな。千両、二千両の身代《しんだい》じゃない、万をこえる物持ちを。数件闕所にするだけで、十万両をこえる儲け。たまりませんな」

下卑た笑いを一太郎が浮かべた。

「残念ながら、仕事をするのは嫌いでな」

扇太郎も言い返した。

「おや、それは残念」

言いながら、一太郎が笑った。

「そろそろ高輪の大木戸が開きまする」

「そのようだな」

「開けば江戸から人が来ましょう。そう、吉原大火事の報をもって」

「なにっ」

聞いた扇太郎が絶句した。

「神君の御免状などというものがあるから、よくないので。吉原の住人ごときが、御免色里とか言って、尊大ぶる。女の生き血をすすって生きている壁蝨《だに》だと思い知らせるには、御免状を奪い、焼いてしまえばすむ」

「火付けは大罪ぞ」

「大門内は、世俗の罪が通じぬところでございましょう」

扇太郎の詰問を、一太郎が流した。

「親方」

大きな声が外から聞こえた。

「あれは巳の吉ですな。吉原へ出していた者です。どうやら戻ったらしい」

満足そうに一太郎が立ちあがった。

「……親方」

代官所出先に入って来た巳の吉が、情けなさそうな顔をした。

「どうした」

一太郎の声が低くなった。

「申しわけもございませぬ。失敗いたしました」

巳の吉が頭を垂れた。

「吉原に入った四名は全員、こっちの手十名の内四名が、帰ってきませぬ」

「なんだと……」

一太郎が言葉を失った。

「見透かされていたんだろう」

扇太郎は笑った。

「くっ」

「これで一勝一敗だな」

「お奉行さまが、こちらの手の内にあるだけ、有利でございますよ」

言葉遣いをもとに戻して、一太郎がうそぶいた。

「あの忘八が持ち帰った証文と交換、いや、証文如きはどうにでもできますな。御免状と交換といきましょう」

「そこまでの値打ちは、ないぞ」

苦笑しながら、扇太郎は首を振った。

「その判断は、わたくしと吉原惣名主が下すこと。おい、巳の吉、吉原へ使いに立て」

「ご勘弁を……忘八、ありゃあ人じゃありやせん。鬼で」

命じられた巳の吉が、泣きそうな顔で断った。

「情けない奴だ」

一太郎が吐き捨てた。

「他の者を行かせよう。返事が来るまで、榊さまには、ここで待っていただきますよ」

扇太郎へ一太郎が告げた。

「食事ぐらい出してくれぬか」

「お客さまじゃないので、ご辛抱を」

一太郎が拒絶した。

「渋いことだ。よく、それで人がついてくるな」

「力ある者に従う。いつの世でも変わりませぬ。幕府もそうでございましょう。家康が強かったから大名たちは従った。もっとも昨今は将軍が弱いので、大名たちもなかなか言うことを聞かないようでございますが。そろそろ真に力ある者と交代するべき時期が来ているのやも知れませんな」

「その真に実力ある者とは、誰のことだ」

「訊かずともおわかりでしょう」

にやりと一太郎が笑った。

「お奉行さまがお見えになられまする」

代官所出先へ、先触れの中間《ちゅうげん》が駆けこんできた。

「なにっ」

石山があわてて立ちあがった。

「勘定奉行中川飛騨守さま。お見えでございまする」

もう一度中間が言った。

「ほう。勘定奉行さまが。道中奉行も兼任されておられるので、当然と言えば当然でございますが、不意ですな。それでも品川の宿《しゅく》を預かる者として、ご挨拶はいたさねば」

一太郎が土間へと降りた。

「大儀である」

中間の開けた障子口より、中川飛騨守が入ってきた。

「お奉行さま」

石山と田治米が、板の間に平伏した。

「これはこれは。初めてお目にかかりまする。品川で廻船問屋を致しておりまする、紀州屋一太郎にございまする。なにとぞ、お見知りおかれて……」

篤実な商人を装った一太郎の自己紹介を、中川飛騨守は無視した。

脇目もふらずに、中川飛騨守は監禁されている扇太郎のもとへ来た。

「闕所物奉行、榊扇太郎どのか」

中川飛騨守が問うた。

勘定奉行とのかかわりが大きいとはいえ、闕所物奉行は大目付の配下である。格上だからと勘定奉行が扇太郎を呼び捨てにすることは、礼儀に欠けた。

「いかにも。闕所物奉行の榊扇太郎にござる」

扇太郎は首肯した。

「こちらの手違いとはいえ、ご無礼をいたした。帰られてけっこうでござる」

「ようやくおわかりいただけたか」

立ちあがった扇太郎は、石山へ手を出した。

「差料を返してもらおう」

「お待ちくださいませ。この者は吉原の忘八を……」

「黙れ。吉原の忘八がどこにおるというのだ」

抗弁しかかった石山を、中川飛驒守が叱った。

「証左もなしに、よくもしてのけたものよ。いくらで飼われていたのかは知らぬが、きさまら、謹慎しておれ。追って沙汰を致す」

中川飛驒守が、厳しく手代たちを糾弾した。

「ひっ」

怒気を浴びせられた手代たちが震えあがった。

「これで堪忍《かんにん》していただけるか」

　あくまでも中川飛騨守が下手《したて》に出た。証拠なしで闕所物奉行を一夜拘束したことが明らかになれば、代官の責任となる。小さな傷ではあるが、勘定奉行という顕職にある中川飛騨守にとって下役の失敗は、今後の出世へ大きな足枷《あしかせ》となる。

「一夜を品川で過ごした。それだけでございまする」

　事情を理解した扇太郎はうなずいた。

「江戸までご一緒いたしましょう」

「よしなに」

　扇太郎は中川飛騨守の誘いにのった。

「お奉行さま」

　もう一度一太郎が声をかけた。

「…………」

　目を向けることなく中川飛騨守は出て行った。

「もくろみがはずれたな」

　一太郎の前を通り過ぎながら、扇太郎は嘲笑した。

「覚えておけ。必ず、地獄を見せてやる」

　低い声で一太郎が脅した。

「ふん」

鼻先で笑って、扇太郎は品川を離れた。

城内勘定所へ出向くという中川飛驒守と別れた扇太郎は、誰が勘定奉行を動かしたかを考えた。

「鳥居じゃないな。いかに目付の権が大きいとはいえ、格上の勘定奉行を動かすのは難しい。多忙を極める勘定奉行が、わざわざ品川まで足を伸ばした。となれば、命じたのは老中水野越前守さまであろうな。越前守さまが動くなど、よほどのことでもないと……」

扇太郎は理解した。

「どこへ……」

屋敷へ帰った扇太郎は、泣きそうな顔をした朱鷺の出迎えを受けた。

「すまぬ。お役目でな、品川まで行っていた。報せる暇がなかった」

「そのままでいて」

抱きしめようとした扇太郎を、朱鷺が止めた。

「じっとしていて」

扇太郎の全身を、朱鷺がくまなく調べた。

「怪我はない」

「ないぞ」

「よかった」

朱鷺のほうから抱きついてきた。

「ごめんを」

気遣わしげに、大潟が声をかけた。

「お奉行に、会いたいという人が来ておられまする」

「そうか」

そっと朱鷺を離して扇太郎は、玄関へと出た。

「未助ではないか。無事だったか」

玄関土間で未助が立っていた。

「昨日はありがとうございました」

「いや。気にするな」

「お預かりしておりましたこれを……」

未助が懐から書付を取り出した。

「ご苦労だったな」

礼を言って扇太郎は受け取った。

「では、これで」

頭を下げて、未助が帰って行った。

「どうするかな。これを……」

手のなかの書付の扱いを、扇太郎は悩んだ。

「取ってこいと言ったのは鳥居耀蔵だが、まったくなんの援護もしてくれなかった。ふうむ。御礼もかねて、水野越前守さまへ渡すか」

扇太郎は、鳥居耀蔵への嫌がらせも含めて、行き先を決めた。いかに鳥居耀蔵が目付として力を持っていても、人望がなさ過ぎる。己の手足となる扇太郎を、そう簡単に切り捨てることはできないと踏んだのだ。

水野越前守に渡すと決めたとはいえ、闕所物奉行が、城中で老中に面会を求めることはできない。扇太郎は、受け取った書付をていねいに油紙で包み、懐へ入れた。

「水野さまのお屋敷まで出かけてくる。用をすませ次第戻る」

朱鷺に告げて、扇太郎は屋敷を出た。

「そろそろか」

両国橋が見えてきたあたりで、扇太郎は足を止めた。

「……気づいていたか」

入り組んだ水路を持つ深川は、小さな辻が多い。その一つから背の高い浪人者が姿を見せた。

「いや。あのまま一太郎が見逃すはずはない。ならばどう出るかと読んだだけだ」

扇太郎は雪駄《せった》を脱いだ。

「そうか。吾が隠行《おんぎょう》の技《わざ》が見破られたかと思ったわ」

ほっと浪人者が息を吐いた。

「隠行だと……忍び崩れか」

「……さてな」

とぼけた口調で答えたとたん、浪人者が突っこんできた。浪人者は、腰に差していた尋常ではない長さの太刀を鞘走らせた。

「ちっ」

間合いの外からの一撃に、対応が遅れた扇太郎は太刀を抜き打ちにぶつけた。刃こぼれを気にする余裕はなかった。

甲《かん》高い音がして火花が散った。

「問答無用で来たか」

体勢を替えながら扇太郎が、苦い顔をした。

「…………」

浪人者が懐へ手を入れ、すばやく引き抜きながら、なにかを投げつけてきた。

「くっ」

太刀で振り払った扇太郎は、ほぞを嚙んだ。

「目潰しか」

薄い紙袋に入れられた火鉢の灰が、扇太郎の目を襲った。

「刀に頼りすぎるからだ」

勝ち誇った浪人者が、太刀を振りあげて迫った。

「しゃっ」

扇太郎は、片手で太刀を水平に薙いだ。片手薙ぎは、右肩の入れ方次第でかなり伸びる。水平に薙いだ太刀は、大きな扇の形を作って、近づこうとしていた浪人者を牽制した。

「なにっ」

浪人者が、あわてて立ち止まった。

「忍び崩れに見せかけて、相手を脅かしただけか」

まだ見えぬ目をつぶったまま、扇太郎は笑った。

「本物の忍ならば、勝ち誇る言葉を吐く前に、刺している」

「ちっ。黙れ」

ふたたび浪人者が迫った。振りかぶった太刀を扇太郎目がけて落とした。

「阿呆《あほう》。足を止めたところで口を利いたのだ。場所など簡単に推測できる」

扇太郎は、前へ大きく踏み出すと、身体を沈めて、太刀を斬りあげた。扇太郎の太刀が早かった。

「ぎゃっ」

股間から下腹を裂かれて、浪人者が絶息した。

「言葉に、大太刀、目潰し。小道具に頼りすぎだ。効果があるといえばある。とはいえ、邪道でしかない。一つ歯車が狂えば、すべてが崩れる」

ようやく目を開けることのできた扇太郎は、太刀を拭って鞘へ戻すと、水野越前守の屋敷を目指した。

翌日、扇太郎は鳥居耀蔵に呼び出され、厳しく叱られた。

「なぜ、余に渡さなかった。越前守さまより次第を聞かされ、なにも知らなかったので、赤恥を掻《か》いたわ」

鳥居耀蔵の怒りは、すさまじかった。

「塵芥《ちりあくた》のようなそなたを、ここまで引きあげてやったのは、誰じゃ。余であろう。恩を感じているならば、余に忠誠を尽くすべきである。これであるゆえ、深川あたりの御家人は、信用できぬのだ」

扇太郎に口をきかせることなく、鳥居耀蔵がまくし立てた。

「代官所手代に捕らえられたわたくしめを、水野さまがお救いくださいました。そのおり、書付は、直接渡すようにと仰せられましたので、応じただけでございまする。闕所物奉行如きが、ご老中さまのお言葉に逆らえるわけがございますまい。それとも、鳥居さまより、余人に渡すべからずと厳命されておりますればと、お断りすべきでございましたか」

「……ううむ」

水野越前守の名前を出しての反論に、鳥居耀蔵も黙るしかなかった。

「犬の分際で、飼い主に吠《ほ》えるか」

鳥居耀蔵が、憎々しげに吐き捨てた。

「犬でございますゆえ、恩に尾を振りまする。水野さまには、危ういところをお助けいただきました」

扇太郎も言い返した。あのままだったら、まちがいなく扇太郎は、一太郎によって殺されていた。

「こやつ……。余を裏切ると申すか」

「飼い犬に裏切られるのは、飼い主に能がないからでございましょう。なればこそ、末森は始末されることになった」

西の丸小姓は、家斉の飼い犬なのだ。側にいて、いつも尾を振り続けていなければならない。その西の丸小姓に逐電された家斉は、飼い犬に逃げられた飼い主なのだ。今回の一件で、家斉の人望は大きく傷ついた。

「よくぞ、言ったな」

すさまじい目つきで、鳥居耀蔵が睨んだ。

「…………」

扇太郎は無言で見つめ返した。

「榊、そなたに水野さまより、命が出ておる」

冷たい声で鳥居耀蔵が述べた。

「余の指揮のもと、品川の紀州屋一太郎を闕所に追いこめとのことだ」

「一太郎を闕所に……」

聞いた扇太郎は、絶句した。

「新しい飼い主さまのお言葉ぞ。しっかり、鼻をきかせるがいい」

言い捨てて、鳥居耀蔵が出て行った。

「狂い犬と戦う……勝てるのか」

鳥居の屋敷を出た扇太郎の言葉は、江戸の闇へと吸いこまれていった。

〈第五巻『娘始末』に続く〉

解説

細谷正充

奉行という言葉は、もとは動詞であった。上からの命《めい》を奉じて行うことを意味し、〝奉行する〟といったような使われ方をしていたのである。それが平安時代から役職の名前となり、鎌倉時代から江戸時代まで、武家の役職名として定着した。なかでも官僚主義の色濃い江戸時代は、たくさんの奉行職が設置されている。時代小説ファンにお馴染《なじ》みの町奉行・寺社奉行・勘定奉行を始め、具足《ぐそく》奉行・膳《ぜん》奉行・薬園《やくえん》奉行などなど、幕末に新設されたものまで含めば、なんと百以上の奉行職があったのである。その中のひとつ、闕所物《けっしょもの》奉行を題材にしたのが、上田秀人の「闕所物奉行 裏帳合」シリーズだ。二〇〇九年から二〇一二年にかけ、中公文庫の書き下ろし時代小説として、全六巻が刊行された。本書は、その新装版の第四巻である。

ちなみに闕所物奉行とは、刑を受けて没収された土地や財産の売却等を役目としている。犯罪事件と微妙に接点があり、人間ドラマも発生しやすい。面白い役職に目を付けたものだ。そういえば作者は、講談社の文庫情報誌「IN★POCKET」二〇一六年一月号に

掲載されたインタビューで、幕府の役人を好んで主人公にする理由を聞かれ、

「時代小説にはたくさんの大作家が先達としておられます。割りこんでいく新規参入の身としては、今まで書かれてない隙間、あまり知られていない役目を出すというのがちょうどよかったんですね」

といっている。なるほど、隙間などと謙遜しているが、今までにない新たな物語世界を創ろうという意欲があり、その表れとして主人公たちの役職の設定があったのだろう。だから闕所物奉行という、ほとんど知られることなき徳川幕府の役職を題材にした、本シリーズを生み出すことができたのだ。もちろん闕所物奉行という役職そのものの、面白さもあってのことである。それでは、まず三巻までのアウトラインを記してから、本書の内容に踏み込んでいこう。

目付《めつけ》の鳥居耀蔵《とりいようぞう》によって、小人《こびと》目付から闕所物奉行に抜擢《ばってき》された榊扇太郎《さかきせんたろう》。しかし禄高八十俵の貧乏御家人《ごけにん》であり、さしたる権力を持たない小役人だ。自分を引き立ててくれた耀蔵に感謝はしているが、狗《いぬ》扱いされることには密《ひそ》かに反発している。闕所物奉行になってからは、何かと大きな騒動にかかわるようになり、何度も命を狙われた。頼りになる

のは、庄田新陰流《しょうだしんかげ》の道場で、師の稲垣良栄《いながきよしえ》から学ぶ剣と、剣士としての心構えだ。また、協力者もいるのだが、いずれも曲者《くせもの》揃い。浅草寺門前町の顔役で、闕所の競売品の入札権を持つ天満屋孝吉《てんまやこうきち》は、なにかと扇太郎を利用しようとする。そのため音羽桜木町《おとわさくらぎちょう》にあった岡場所の遊女だった朱鷺《とき》を、賄賂《わいろ》兼見張り役として、扇太郎に贈った。時には人殺しも辞さない孝吉だが、しかし扇太郎と何度か騒動を潜《くぐ》り抜けているうちに、絆らしきものを結ぶようになる。さらに、シリーズ第一弾『御免状始末《ごめんじょうしまつ》』で、扇太郎と敵対した吉原一の見世《みせ》主・三浦屋四郎左衛門《みうらやしろうざえもん》は、その後和解し、共闘関係となる。吉原の忘八《ぼうはち》との関係も良好だ。

しかし一方で、第二弾『蛮社始末《ばんしゃしまつ》』から因縁の生まれた、品川《しながわ》の顔役・狂い犬の一太郎《いちたろう》との確執が続いている。さまざまな窮地を切り抜けながら、朱鷺との愛を深めていく扇太郎。今回は、借金により逐電《ちくでん》した旗本《はたもと》を捜すよう依頼されたことから、とんでもない事件にかかわることになるのだった。

逐電したのは、貧乏旗本ではない。西の丸お小姓《こしょう》の末森忠左《すえのもりちゅうざ》だったから、事は重大だ。まず扇太郎は、孝吉経由で、忠左に金を貸した択善《たくぜん》の依頼を受ける。さらに耀蔵からも同じ捜索を命じられ、忠左の行方を追ううちに、借金のカタで旗本の娘たちが吉原に売られていることを知った。裏には、一太郎の企《たくら》みがあるようだ。そしてあれこれの曲折を経て、扇太郎は吉原の忘八たちと共に、一太郎の根城《ねじろ》である品川宿に乗り込むことになるのだった。

シリーズもすでに四冊目となれば、舞台もキャラクターも揃っている。旗本捜しを引き受ける冒頭から、ストーリーはテンポよく進行。あれよあれよという間に、騒動が拡大していく。その渦中を、主人公が突っ走る。上田作品のヒーローにしては珍しく、清濁併《せいだくあわ》せ飲む扇太郎は、ちょい悪奉行というべきか。幕閣の思惑まで絡んだ騒動で、したたかな立ち回りを見せるのだ。

しかし彼の性根には、卑怯《ひきょう》や怯懦《きょうだ》がない。命を懸ける場面では、果敢に行動する。剣豪というほど強くはない扇太郎は、常にギリギリの闘いを余儀なくされる。それでも臆《おく》することなく敵に向かっていく姿に、読んでいるこちらの血潮が滾《たぎ》るのだ。品川宿に乗り込んだ彼が、忘八との絡みで見せたある行動などは、実に感動的である。

さらに扇太郎と朱鷺の恋愛関係も見逃せない。作者の著書が百冊を突破したときに作られた小冊子「100冊突破！　上田秀人全作品ブックガイド」に掲載されたインタビューで、本シリーズのことを、

「最初、読めない、という苦情もありましたね。調べてもそんな役職の史料など残ってま

せん。奉行といいながらも身分は御家人です。読者さんって、くわしいですからね。だから他の人があまり書かない役職を使っていることもあるんです（笑）。小銭が大好きという主人公榊扇太郎は、僕はけっこう好きですね。ヒロインも心に傷のある女の人にしてみました。そんな女の人をどう受け入れるか。奪われる側の人間の悲哀も描きたかった。思い出の濃い作品ですね」

と語っている（念のためにいっておくと、作者のいう〝読めない、という苦情〟は、タイトルにある闕所を指す）。旗本の娘だったが、父親の猟官運動の資金のため、音羽桜木町に売られた朱鷺。『御免状始末』で騒動に巻き込まれたところを、扇太郎に救われた。これが縁になり、孝吉によって、扇太郎に贈られる。扇太郎の家で暮らしはじめて、しだいに男女の仲になった。最初は身体《からだ》だけの関係だったが、やがて互いに心を寄せるようになる。シリーズ物であることを巧みに使い、特異な経緯で結ばれた男女の感情の変化が、ゆっくりと描かれているのだ。ここも読みどころといっていい。

それに関連して注目したいのが、朱鷺の胸にある傷だ。『御免状始末』で扇太郎に助けられたとき、誤って彼に胸を斬られ、赤い筋になって残っているのである。以後のふたりの関係を見れば、これが赤い糸の暗喩となっていることが分かるだろう。ならば当然というべきか。今や、扇太郎は「己の女を守る。それなら命を賭ける値打ちは十分にあろう」といい、朱鷺は「わたしで役に立つなら、気にしない。わたしの居場所はここしかない。守るためには、なんでもする」という関係になったのである。愛情を深める彼らを眺めていると、なんとも楽しくてならない。

さらに、シリーズ全体から伝わってくる現代性にも留意したい。再び「IN★POCKET」のインタビューから引用させてもらうが、自分の作品について、

「時代小説とはいえ、今の世相にあんまりかけ離れたことを書いてしまってもリアリティがなくなるし、共感も得られません」

といっている。この観点から本シリーズを見ると、どうだ。闕所物奉行という肩書は立派だが、小役人に過ぎない扇太郎は、現代のサラリーマンでいえば係長といったところか。しかも『御免状始末』で「徳川は忠義を尽くすに値しない」と考えるように、自らの仕える幕府に、夢も希望も抱いていない。ここに今の日本社会が投影されている。幕府を企業に準《なぞら》えると分かりやすいだろう。

バブル期の拝金主義と、その後の長き不況により、社員を家族と考えるような、昔なが

らの企業は激減した。派遣社員を使い捨てにする。あるいは正社員の給料も低くする。問題が起これば、責任を押しつけて斬り捨てる。働き甲斐《がい》のない社会は衰退する。でも企業は、目先の利益ばかり追っている。そんなところで、真っ当な愛社精神など育つはずがない。多くの人は、ただ自分の生活のためにのみ、仕事をしているのだ。

だから、扇太郎の在り方に共感できる。上からの無理難題を、自分と愛する者のために、乗り越えていくからだ。たしかに本シリーズは時代小説だが、榊扇太郎は、現代のヒーローとして屹立《きつりつ》している。ここに上田作品が愛される理由があるのだ。

さて、シリーズも本書から後半戦に突入した。いささかネタバレになるが、ラストで扇太郎は、鳥居耀蔵にはっきりと逆らってみせる。狗にだって牙はあるのだ。その一方で、狂い犬の一太郎との全面戦争を予感させて、物語は終わる。これからいったい、どうなってしまうのか。残り二冊で、扇太郎と朱鷺は幸せな結末を迎えられるのか。その行く末を見届けたいのである。

（ほそや・まさみつ　文芸評論家）

中公文庫

新装版《しんそうばん》
旗本《はたもと》始末《しまつ》
——闕所物《けっしょもの》奉行《ぶぎょう》 裏帳合《うらちょうあい》（四《し》）

2011年２月25日　初版発行
2017年12月25日　改版発行

著　者　上《うえ》田《だ》秀《ひで》人《と》

発行者　大橋 善光

発行所　中央公論新社
〒100-8152　東京都千代田区大手町1-7-1
電話　販売 03-5299-1730　編集 03-5299-1890
URL http://www.chuko.co.jp/

ＤＴＰ　平面惑星
印　刷　三晃印刷
製　本　小泉製本

Published by CHUOKORON-SHINSHA, INC.
Printed in Japan　ISBN978-4-12-206491-1 C1193

中公文庫既刊より

各書目の下段の数字はISBNコードです。978－4－12が省略してあります。

う-28-8	新装版 御免状始末 闕所物奉行 裏帳合㈠	上田 秀人	遊郭打ち壊し事件を発端に水戸藩の思惑と幕府の陰謀が渦巻く中を、著者史上最もダークな主人公・榊扇太郎が剣を振るい、謎を解く！ 待望の新装版。	206438-6
う-28-9	新装版 蛮社始末 闕所物奉行 裏帳合㈡	上田 秀人	榊扇太郎は闕所となった蘭方医、高野長英の屋敷から、倒幕計画を示す書付を発見する。鳥居耀蔵の陰謀と幕府の思惑の狭間で真相究明に乗り出すが……。	206461-4
う-28-10	新装版 赤猫始末 闕所物奉行 裏帳合㈢	上田 秀人	武家屋敷連続焼失事件を検分した扇太郎は改易された出火元の隠し財産に驚愕。闕所の処分に大目付が介入、大御所死後を見据えた権力争いに巻き込まれる。	206486-7
う-28-7	孤闘 立花宗茂	上田 秀人	武勇に誉れ高く乱世に義を貫いた最後の戦国武将の風雲録。島津を撃退、秀吉下での朝鮮従軍、さらに家康との対決！ 中山義秀文学賞受賞作。〈解説〉縄田一男	205718-0
す-25-27	手習重兵衛 闇討ち斬 新装版	鈴木 英治	江戸白金で行き倒れとなった重兵衛は、手習師匠・宗太夫に助けられ居候となったが……。凄腕で男前の快男児が謎を斬る時代小説シリーズ第一弾。	206312-9
す-25-28	手習重兵衛 梵鐘 新装版	鈴木 英治	手習子のお美代が消えた⁉ 行方を捜す重兵衛だったが……（「梵鐘」より）。趣向を凝らした四篇の連作が織りなす、人気シリーズ第二弾。	206331-0
す-25-29	手習重兵衛 暁闇 新装版	鈴木 英治	旅姿の侍が内藤新宿で殺された。同心の河上が探索を進めると、重兵衛の住む白金村へ向かう途中だったらしいと分かったが……。人気シリーズ第三弾。	206359-4

す-25-30
手習重兵衛　刃《やいば》　舞《まい》　新装版
鈴木英治
親友と弟の仇である妖剣の遣い手・遠藤恒之助を倒すため、新たな師のもとで〈人斬りの剣〉の稽古に励む重兵衛だったが……。人気シリーズ第四弾。
206394-5

す-25-31
手習重兵衛　道中霧　新装版
鈴木英治
親友殺しの嫌疑が晴れ、久方ぶりに故郷の諏訪へ帰れることとなった重兵衛。母との再会に胸高鳴らせる彼を、妖剣使いの仇敵・遠藤恒之助と忍びたちが追う。
206417-1

す-25-32
手習重兵衛　天狗変　新装版
鈴木英治
重兵衛を悩ませる諏訪忍びの背後には、三十年ごしの因縁が――家中を揺るがす事態に、重兵衛、左馬助、惣三郎らが立ち向かう。人気シリーズ、第一部完結。
206439-3

な-65-1
うつけの采配（上）
中路啓太
関ヶ原の合戦前夜――。誰もが己の利を求める中、ただ一人、毛利百二十万石の存続のため奔走した男・吉川広家の苦悩と葛藤を描いた傑作歴史小説！
206019-7

な-65-2
うつけの采配（下）
中路啓太
小早川隆景の遺言とは正反対に、安国寺恵瓊の主導により天下取りを狙い始めた毛利本家。はたして吉川広家は家を守り抜くことができるのか？〈解説〉本郷和人
206020-3

な-65-3
獅子は死せず（上）
中路啓太
加藤清正ら名だたる武将にその武勇を賞賛された武将・毛利勝永。関ヶ原の合戦で西軍についたため、領地没収をされた男が、大坂の陣で最後の戦いに賭ける！
206192-7

な-65-4
獅子は死せず（下）
中路啓太
誰より理知的で、かつ自らも抑えきれない生命力を有し、家族や家臣への深い愛情を宿した戦国最後の猛将の生涯。『うつけの采配』の著者によるもう一つの傑作。
206193-4

な-65-5
三日月の花　渡り奉公人　渡辺勘兵衛
中路啓太
時は関ヶ原の合戦直後。『もののふ莫迦』で「本屋が選ぶ時代小説大賞２０１５」に輝いた著者が描く、反骨の武将・渡辺勘兵衛の誇り高き生涯！
206299-3

各書目の下段の数字はＩＳＢＮコードです。978－4－12が省略してあります。

な-65-6
もののふ莫迦
中路　啓太
豊臣に故郷・肥後を踏みにじられた軍人・岡本越後守と、豊臣に忠節を尽くす猛将・加藤清正が、朝鮮の戦場で激突する！「本屋が選ぶ時代小説大賞」受賞作。
206412-6

と-26-26
早雲の軍配者（上）
富樫倫太郎
北条早雲に見出された風間小太郎。軍配者となるべく送り込まれた足利学校では、互いを認め合う友に出会い――。新時代の戦国青春エンターテインメント！
205874-3

と-26-27
早雲の軍配者（下）
富樫倫太郎
互いを認め合う小太郎と勘助、冬之助は、いつか敵味方にわかれて戦おうと誓い合う。扇谷上杉軍へ攻め込む北条軍に同行する小太郎が、戦場で出会うのは――。
205875-0

と-26-28
信玄の軍配者（上）
富樫倫太郎
駿河国で囚われの身となったまま齢四十を超えた山本勘助。焦燥ばかりを募らせていた折、武田信虎による実子暗殺計画に荷担させられることとなり――。
205902-3

と-26-29
信玄の軍配者（下）
富樫倫太郎
武田晴信に仕え始めた山本勘助は、武田軍を常勝軍団へと導いていく。戦場で相見えようと誓い合った友たちとの再会を経て、「あの男」がいよいよ歴史の表舞台へ！
205903-0

と-26-30
謙信の軍配者（上）
富樫倫太郎
越後の竜・長尾景虎のもとで軍配者となった曽我（宇佐美）冬之助。自らを毘沙門天の化身と称する景虎の前で、いま軍配者としての素質が問われる！
205954-2

と-26-31
謙信の軍配者（下）
富樫倫太郎
冬之助は景虎のもと、好敵手・山本勘助率いる武田軍を前に自らの軍配を振るい、見事打ち破ることができるのか⁉「軍配者」シリーズ、ここに完結！
205955-9

と-26-13
堂島物語1　曙光篇
富樫倫太郎
米が銭を生む街・大坂堂島。十六歳と遅れて米問屋へ奉公に入った吉左には「暖簾分けを許され店を持つ」という出世の道は閉ざされていたが――本格時代経済小説の登場。
205519-3

と-26-14
堂島物語2 青雲篇
富樫倫太郎

山代屋へ奉公に上がって二年。丁稚として務める一方、幕府未公認の先物取引「つめかえし」で相場師としての頭角を現しつつある吉左は、両替商の娘・加保に想いを寄せる。

205520-9

と-26-15
堂島物語3 立志篇
富樫倫太郎

念願の米仲買人となった吉左改め吉左衛門は、自分と同じく二十代で無敗の天才米相場師・寒河江屋宗右衛門の存在を知る――『早雲の軍配者』の著者が描く経済時代小説第三弾。

205545-2

と-26-16
堂島物語4 背水篇
富樫倫太郎

「九州で竹の花が咲いた」という奇妙な噂を耳にした吉左衛門は西国へ飛ぶ。やがて訪れる享保の大飢饉をめぐる米相場乱高下は、ビジネスチャンスとなるか、破滅をもたらすか――。

205546-9

と-26-17
堂島物語5 漆黒篇
富樫倫太郎

かつて山代屋で丁稚頭を務めた百助は莫大な借金を抱え、お新と駆け落ちする。米商人となる道を閉ざされ、行商人に身を落とした百助は、やがて酒に溺れるが……。

205599-5

と-26-18
堂島物語6 出世篇
富樫倫太郎

川越屋で奉公を始めることになった百助の息子・万吉は、手代たちから執拗な嫌がらせを受ける。『早雲の軍配者』の著者が描く本格経済時代小説第六弾。

205600-8

と-26-32
闇の獄（上）
富樫倫太郎

盗賊仲間に裏切られて死んだはずの男は、座頭組織の長に拾われて、暗殺者として裏社会に生きることに！『SRO』「軍配者」シリーズの著者によるもう一つの世界。

205963-4

と-26-33
闇の獄（下）
富樫倫太郎

座頭として二重生活を送る男・新之助は、裏社会から足を洗い、愛する女・お袖と添い遂げることができるのか？ 著者渾身の暗黒時代小説、待望の文庫化！

206052-4

と-26-34
闇夜の鴉
富樫倫太郎

大坂の追っ手を逃れてから十年――。新一は江戸で再び殺し屋稼業に手を染めていた。『闇の獄』に連なる暗黒時代小説シリーズ第二弾！〈解説〉末國善己

206104-0